오늘하루를 재미있고 특별한 날로 만들어요

_____에게

매일매일 재미있게

오늘은
뭐 하지?

장예훈 지음

쭈니형 그림

좋은땅

초등 2학년을 지나고 있는 장예훈 작가를 우리 집에서는 여전히 애기라 부릅니다. 우리에게는 그만큼 귀엽고 보물같이 소중합니다. 어느 날부터 애기가 매일매일 글을 쓰겠다고 하더니, 자기가 보낸 하루를 글로 담아내기 시작했습니다. 하루도 거르는 날이 없이 말이죠. 그게 차곡차곡 쌓여 이렇게 책으로도 펴내게 되니, 기특하고 대견한 일입니다. 막내 동생의 하루에 그림으로 함께 한 둘째 아들에게도 존경과 고마움을 전합니다.

당연한 말이겠지만, 초등 2학년 어린이의 하루 기록이 깊은 사색을 남기기 위함도 아니고, 그럴 수도 없을 겁니다. 다만, 아이가 하루를 보내며 가졌던 소소한 경험과 감정의 소중함을 알고, 그것을 써 내려가는 그 꾸준함에 길이 있겠다, 희망이 있겠다 싶습니다. 하루를 남기겠다고 폼 잡고 앉아

있는 모습을 보면, 피식 웃음이 나기도 합니다. 하지만, 꾸준하게 해내는 모습을 보며 많이 배우고, 재미있게 즐기는 모습을 보며 영감을 얻습니다. 아이가 날마다 건네주는 이야기로 어쩌다 어른이 되어 순수함을 잃고 살아가는 아빠는 큰 위로와 즐거움을 얻습니다. 이 글을 마주한 여러분에게도 그 천진난만하고 유쾌한 기운이 흘러가 닿기를 기대합니다.

애기 아빠 장희승

우리 애기, 엄마 사랑 예훈아
잊지 않고 하루하루를 글로 담아내는 게 쉽지 않을 텐데,
그 어려운 걸 매일 하고 있네.

늘 같은 날일 것만 같은 하루하루 속에서 글감을 발견하고
재미있게 나누는 특별한 능력을 가진 우리 아들 예훈아.

재미있는 너의 하루를 글로 만나는 게 엄마는 참 즐겁단다.

평생 그 즐거움이 너와
우리에게 있기를!

엄마가

매일 일기글을 쓰기 시작하더니
하루가 가고 이틀이 가고,
한 달이 가고 두 달이 갔습니다.
그렇게 매일을 쌓아가더니,
책까지 출간하게 되고….
대견하고 제게도 본이 됩니다.

아들이 계속 다른 이들의 글과 삶을 읽고,
자신만의 글을 써 내려가면서
재미있고 풍성하게 살아가기를 응원하며,
아들의 하루를 모아 펴낸 이 책 일독을 권합니다.

멋진 작가 예훈이 엄마 정효숙

작가의 말

💬 매일 글을 써야겠다고 결심한 이유가 있나요?

둘째 형이 매일 밤 잠들기 전에 형의 하루를 써요. 하루도 빼놓지 않고 그걸 해요. 몰랐었는데, 알고 보니 오랫동안 그렇게 했대요. 어느 날 밤에 관심이 생겼어요. '도대체 뭘 쓰는 거야?' 형의 무릎에 앉아서 내가 노트북 자판을 쳐보겠다고 떼를 썼어요. 형이 좀 귀찮아하는 거 같았지만, 저는 엄청 재미있었어요. 당장 저도 컴퓨터에 내 하루를 써보고 싶어서 시작하게 됐어요.

💬 원래는 일기글을 쓰지 않았나요?

아빠가 일기를 강조해서 손으로 쓰는 건 많이 했어요. 근데 형처럼 나만의 노트북으로 써보고 싶었던 거죠. 아빠한

테 노트북을 갖고 싶다고 졸랐더니, '어림없는 소리!'라고
하시면서, <나에게 이메일 쓰기>라는 방법을 가르쳐 주셨
어요. 당장 거실 컴퓨터를 켰고 그날 밤부터 컴퓨터로 쓰기
시작했어요.

💬 **어떤 마음으로 계속 쓰고 있나요?**

내가 오늘을 보내면서 겪었던 일을 다른 사람에게 들려주
고 싶은 마음으로 쓰고 있어요. 다른 건 못 하더라도 일기는
꼭 쓰고 싶어서, 하루도 빠지지 않고 써요.

💬 **초등학생이면 매일이 똑같을 것 같은데 쓸 이야기
가 계속 있나요?**

아니에요! 똑같은 하루는 없는 거예요! 학교도 그렇고,

학원에서 하는 활동들이 다 다르기도 하고, 꼭 그런 게 없더라도 그날그날 경험하는 거랑 느끼는 게 달라서 쓸 이야기는 많거든요. 그냥 지나칠 수 있는 평범한 것도 글로 쓰고 나면 엄청 재미있어요.

　오늘만 해도, 아침 9시 2분에 눈이 내려서 소름이 돋았어요. 완전 재밌는 경험이죠. (어제 일기예보에서 오늘 9시부터 눈이 온다고 했거든요) 오늘 내가 느낀 점이나 기분, 이런 것도 다 쓸 이야기예요. 똑같은 하루는 진짜로 없어요. 앞으로도 하루를 재미있게 살고, 차곡차곡 매일 쓰고 싶어요.

그림을 그려주는 둘째 형(쭈니형)에게 한마디.

예준이 형, 공부하느라 힘들 텐데 열심히 그림 그려줘서
고마워.

어떻게 내 캐릭터 그릴 때 땡땡이 내복을 입힐 생각을 했어?

이제는 그게 작아져서 입기 좀 어렵지만, 입을 수 있을 때
까진 입어 볼게.(그렇다고 배꼽티로 입긴 좀 그렇고!)

형, 너무 고마워. 앞으로도 그림 재미있게 그려줘~~.

사랑해.

장예훈 작가
(큰형 이레 형이 찍어줬어요.)

13

Episode **PART 01**

강아지가 너무 갖고 싶어

Episode **PART 02**

지구를 정복할 거야

Episode **PART 03**
나의 첫 자전거 라이딩

Episode **PART 04**

할머니의 사랑 냄새

Episode **PART 05**

밤하늘은 이제 내 거야

그림작가의 말 176

모두 모두 사랑해요
사랑해 주셔서 감사해요

강아지가
너무 갖고 싶어

코끼리
잠옷바지

잠에서 깨어보니 보고 싶었던 엄마가 있었다.
이게 꿈이야, 진짜야?

정말 너무 기뻤다. 우리를 두고 할머니랑 라오스로 여행
을 가셨던 엄마가 돌아오신 거였다. 안 돌아오시면 어쩌나?
아프시면 어쩌나? 걱정했는데, 웃는 엄마를 보니 기뻤다.
"엄마, 안녕? 잘 다녀왔어요?"

엄마는 여행 기념품으로 코끼리 인형을 사다 주셨다. 난
그 코끼리 인형을 책상에 안전하게 모셨다. 10월 첫날, 코끼
리 친구가 생기다니!

형아들은 코끼리 그림이 그려져 있는 잠옷 바지를 선물로 받았다. 할머니가 사주신 거랬다. 나는 저런 우스꽝스러운 잠옷을 입지 않아도 되니까 다행이었다.

새벽 비행기 타고 돌아오신 우리 엄마. 피곤할 텐데도 나를 위해 맛있는 누룽지를 끓여 주셨다.

숭늉은 내가 너무너무 좋아하는 거라서, 나는 엄마를 꼭 안아드렸다.

(엄마, 밥하기 귀찮아서 그런 거 다 알아요.)

보고 싶었던 엄마가 해 주신 거라 그런지, 숭늉 하나만 먹어도 너무너무 맛있었다.

 예훈 Talk

며칠 동안 아빠가 차려주신 밥이 맛없었다는 말을 하고 싶은 건, 진짜 아니에요.

이모부
나빠요

　오늘은 모든 가족이 평택 큰이모 집에 모이는 날이다. 지난 주 추석에 할머니 집에서 만나 이틀 동안 놀았는데, 주말을 보내고 또 만나는 거다. 전혀 기대하지 않았던 일정이었는데, 눈뜨자마자 들려온 소식에 신이 났다.

　나는 평택으로 가는 중에 쿨쿨~ 잤다. 푹~ 자고 깨어보니 벌써 도착했다. 나보다 어린 동생들이 모두 집합해 있었다. 이름을 하나씩 적어보자면, 사랑이, 민혁이, 민호, 민하다. 내 밑으로 이렇게 많다니!! 좋은 건지, 나쁜 건지?

　만나자마자 우리는 바다인지, 강인지, 호수인지 정체 모
를 물가 곁으로 놀러 갔다. 거기에는 우리가 맘껏 놀 수 있
는 큰 공터가 있었다. 나는 나에게 도전장을 내미는 수많
은 가족과 배드민턴, 축구, 원반던지기, 잠자리 잡기, 캐치

볼을 했다.

아빠랑 캐치볼을 할 때는 소프트 볼로만 했었는데, 큰 이모부가 던진 공은 엄청 단단한 하드볼이었다. 나는 '못 잡으면 어쩌지?' 걱정했지만 티를 내지는 않았다.(이모부에게 내 실력을 보여주고야 말겠어.)

처음에는 천천히 주고받아서 괜찮았는데, 거리가 점점 멀어지고 볼도 조금 강하게 날아오기 시작했다.

(아니…. 저기……. 아저씨? 아니…. 이모부??)

결국, 걱정하던 일이 터졌다. 가슴으로 날아오는 공을 잡지 못해 내 배에 그 단단한 공이 퍽!

나는 아픈 티를 내지 않고 괜찮은 척 웃어 보였다. 나는 눈물을 꾹 참고 공을 집어 들었다. 그리고 이모부의 배를 향해 있는 힘껏 공을 던졌지만, 이모부는 아무렇지도 않게 공을 휙 잡아챘다.

배를 맞았을 때보다 더 눈물이 나려고 했다.
흑…….

 예훈 Talk ─────────────

이모부, 나한테 무슨 감정 있는 건 아니죠?

아빠의
작전

오늘은 아빠와 같이 등산을 하기로 한 날이다. 그래서 아침부터 너무너무 떨렸다. '내가 산을 오를 수 있을까?' 아빠와 나, 이안이 형은 아침을 든든히 먹고 집을 떠났다.

버스를 타고 지하철로 갈아타고 다시 남한산성 중간까지 데려다주는 버스로 갈아탔다. 드디어 등산코스 입구에 도착했다. 하지만 산을 오르기 전 내 눈에는 기념품 가게가 눈에 먼저 들어왔다. 구경만 하고 가자고 아빠를 설득했다. 하지만 말이 그렇지, 난 구경만 하는 법이 없다. 나무로 만든 멋진 활과 화살이 내 눈에 들어왔다. 아빠를 슬쩍 꼬시기 시작했다.

하지만 아빠는 등산을 마치고 내려오는 길에 다시 오자고 나를 설득했다. 하는 수 없이 산을 후딱 정복하고 내려오는 쪽으로 생각을 바꿨다.

산을 오르는 내내 이안이 형은 나뭇가지로 거미들의 집을 몇 채나 망가뜨렸는지 모른다. 실은 나도 형을 따라서 똑같이 그랬다. 아빠는 거미가 자연에서 중요한 역할을 한다며 뭐라고 뭐라고 설명해 주셨는데 기억은 안 난다.

산에서 내려온 우리는 다시 기념품 가게 쪽으로 가다가 라면집을 발견했다. 라면 대장 이안이 형을 위해 아빠는 라면과 만두를 먹고 가자고 했다. 배고픈 것도 해결했고, 이제 남은 건 오늘의 하이라이트!!! 바로 기념품 사기!!! (오늘 등산이 하이라이트 아니었나?)

나는 곧바로 기념품 가게로 달려갔다. "헛……. 이게 뭐야?" 문이 닫혀 있었다. 나는 믿을 수가 없어서 가게 문을 밀어봤더니 문이 열렸다. 하지만 무섭게 생긴 어떤 분이 5시에 장사가 끝났고 컴퓨터가 마감되어서 물건을 팔 수 없다고 단호하게 고개를 흔들었다. 음식을 다 먹으면 사

주겠다는 아빠의 말에 꾸역꾸역 먹고 왔는데 이게 웬 날
벼락이란 말인가! 아···. 나는 너무 슬펐다. 엄청 기대했는
데 못 사니까 슬펐다.

아빠는 나를 달래주려고 하셨지만, 나는 정말 속상했다. 산 밑으로 내려가는 버스를 기다리는 동안 아빠가 게임을 시켜준다고 했는데도 하기 싫었다.

그런데, 음······.
가만 생각해 보니, 가게 문 닫히는 시간을 아빠는 알고 있었을지 모른다.

 예훈 Talk ————————————————

아부지, 작전 성공하면 기분이 어떤가요?

주르륵,
번쩍, 쾅쾅!

둘째 형아가 나를 흔들어 깨웠다. 맨날 뽀뽀해 달라고 귀찮게 하는 형인데 아침엔 더 귀찮다. 아, 맞다. 추석 연휴가 끝났지…. 다시 학교에 가야 하는 날이 돌아오고야 말았다!

하도 많이 놀아서 몸이 피곤했지만, 그냥 벌떡 일어났다. 누가 오후 6시에 가는 학교를 만들어주면 좋겠다. 그럼 하루 종일 신나게 놀다가 학교에 가서 저녁 먹고 조금 졸다 오면 딱 좋을 텐데. 상상은 상상일 뿐 아침을 후다닥 먹고 집을 뛰쳐나갔다.

거의 일주일 만에 학교에 가서 그런지 왠지 설렌다. 친구들이 날 몰라보는 건 아니겠지?

오늘은 수요일이라 내가 넘어야 할 관문이 하나 있다. 학습지 선생님이 집에 오시는 날이다. 하지만 오늘 선생님이 사정이 있어 못 오신다고 하시니 갑자기 기분이 좋아졌다. (선생님, 별일 없으신 거죠?)

오늘은 날씨도 요상했다. 오후까지는 괜찮았는데, 태권도 가려고 하는 시간에 갑자기 비가 쏟아졌다. '지금 나가야 하는데 어쩌지?' 갑자기 마른하늘에 날벼락 같았다. 나는 우산을 쓰고 태권도장 차가 오는 곳으로 갔다.

그런데 오늘따라 태권도 차가 왜 이렇게 늦게 오냐……. 비와 번개와 천둥이 주르륵, 번쩍, 쾅쾅! 난리도 아니었다.

태권도 차 기다리다가 번개맨 되는 건 아니겠지?

예훈 Talk

번개맨 옷 입고 학교에 가면 친구들이 알아볼까?

끔찍끔찍
치과

학교가 끝났을 때 오늘은 정말 신나지 않았다. 어제저녁에 오늘 치과 가는 일정이 갑자기 생각나서 "끔찍하다. 끔찍해"라고 혼잣말까지 했었는데, 드디어 오고야 말았다. (엘리베이터에 같이 타고 계셨던 어떤 아저씨가 처음엔 깜짝 놀라셨다가 그다음엔 웃으셨다. 아빠가 나중에 알려주셨다.) 아무튼, 끔찍한 오늘이 와서 나는 치과에 갔다.

난 용기가 있으니까 잘할 수 있을 거야!!' 뭐, 이런 생각은 전혀 들지 않았다. 그냥 도망가고 싶었다. 드디어 내 이름이 들려왔다. "장예훈, 들어오세요~" 나는 그쪽으로 가는 척하다가 도망쳤다. 하지만 뛰어봐야 치과였다.

충치 때문에 몇 번 치과를 다녀보니까, 가장 끔찍한 건 마취였다. 마취하면 입이 썩는 느낌이랄까?

아무튼, 오늘은 내 충치가 변신하는 날이었다. 의사 선생님이 뚝딱뚝딱하더니 얼마 전까지 충치였던 치아가 은색 이로 변신했다. 은근 걱정했는데, 다 된 걸 보니 꽤 멋졌다.

그런데 이게 영구치가 아니라 몇 년인가 지나면 빠진다고 하셨다. "아, 이게 나중에 빠진다고요?"

음…. 그럼 돈이 좀 아까운데요?

예문 Talk ──────────────────────────────

내가 치과의사가 된다면, 치과 이름을 '끔찍끔찍 치과'라고 지어야지.

두발자전거
도전기

지금까지 난 두발자전거를 못 탔다. 오마이갓.
(아니지, 못 탈 수도 있는 거 아닌가?)

어쨌든 토요일인 오늘 두발자전거에 도전해보기로 했
다. 물론 엄마가 뒤에서 잡아주고 밀어주고 도와주기로 했
다.(이런 거는 보통 아빠가 해주는 거 아닌가요? 아부지는
예준이 형이랑 도서관으로 도망갔다.)

첫째 형아 이레형부터 타던 자전거가 자전거 보관소 구
석에 있었다. 말이 보관소에 있는 거지, 그냥 버려진 거처

럼 보였다. 흠⋯⋯. 뽀로로 그림이 붙어있었고 바람이 다 빠진 고물 같은 자전거였다. 흐음⋯⋯.

　엄마가 물티슈로 쓱싹쓱싹 닦고 밖으로 끌고 나왔다. (엄마 제발 버리러 가는 거라고 말해 주세요.) 엄마는 씩씩하게 고물 자전거를 끌고 경비실로 갔다. 그리고 창고에 있는 바람 넣는 걸 빌려서 빵빵하게 바람을 넣었다. 아으⋯⋯. 엄마는 못 말려.

　나는 드디어 자전거에 올라탔다. 후~~ 출발할 때 엄마가 잡아준 다음 어느 정도 가다가 손을 놔달라고 했다. 그랬더니 빠르게 슝~~ 하고 자전거가 뻗어 나갔다. 바람이 시

원하게 느껴졌다. 양쪽 손으로 브레이크를 잡아봤다. 끼이익! 요란한 소리와 함께 자전거가 섰다. 한쪽 브레이크는 고장 나 있었다. 엄마, 이거 너무한 거 아닌가요?

그렇게 몇 번 엄마 도움으로 출발하고 반복해서 타니까 고속도로를 질주하는 것처럼 슝슝 타게 됐다. 이제 통과해야 할 관문은 한 개가 남은 것이다. 바로바로 나 혼자 힘으로 출발하는 거.

하지만 그건 뭐, 나중에 또 하면 되지 않을까?
계속하면 분명히 성공할 수 있을 거야!

예훈 Talk ————————————————————

나중에 잘 타게 돼도, 두 손 놓고 타는 건 하지 않을 거예요.

말하는 고양이를
만났어요

고양이가 갑자기 나타나서 "안녕?"하고 말했다.

고양이는 귀엽게 말한 건지 몰라도 우리는 무서웠다. 이안이 형과 자훈이 형, 슬아 누나랑 같이 TV를 보며 게임을 하고 있을 때였다. 우린 너무너무 무서워서 집을 뛰쳐나와 도망쳤다. 집안에는 우리 말고도 친척들이 몇 명 더 있었는데, 다른 사람들한테는 말하는 고양이가 보이지 않는 거 같았다.

집을 뛰쳐나온 우리는 길거리에서 아빠와 민혁이를 만났다. "아빠가 민혁이랑 왜 여기 있어?" 아무튼, 나는 같이 도망가자고 했다. 버스를 타려고 정류장 쪽으로 뛰어가는 중 또다시 말하는 고양이가 나타났다. "안녕?"

으아~~~~ 우린 너무 무서워서 근처에 서 있는 태권도 버스에 무작정 올라타고 싶었지만, 문이 닫혀 있어 결국 못 탔다. 큰일이었다.

우리는 결국 버스를 타려고 정류장으로 다시 뛰었다. 무

사히 버스에 올라타서 우리는 안심하며 숨을 내쉬었다. 그런데……. 버스에 마지막으로 올라타는 사람? 을 봤더니. 바로바로 말하는 고양이였다!!! 우린 버스 안에서도 이리저리 뛰었다.

그 순간, 나는 꿈에서 깨어났다. 나는 너무너무 무서워서 머리 감고 있는 엄마 옆으로 가서 같이 있었다. (얼마나 무서웠으면 엄마 머리 감는 곳에 같이 있었겠어요?)

말하는 고양이라니….
개꿈, 아니 고양이 꿈은 정말 싫어!

예훈 Talk ─────────────────

근데 왜 사람들은 꿈이 별로일 때 개꿈 꿨다고 말하나요? 듣는 개 기분 나쁘게.

혹시 내가
사랑을 깼을까?

오늘은 아빠랑 얀이 형이랑 버스트립을 하는 날이다.
난 버스에 타면 꼭 잠이 들지만, 이번에는 끄떡없이 목적
지에 도착했다. 한 번도 잠들지 않고 목적지에 도착한 건
처음이었다.

오늘 버스트립의 목적지는 남산이다. 아빠가 남산은 그
렇게 높지 않은 산이지만, 올라가면 서울이 한눈에 보인
다고 하셨다.

남산타워 있는 곳에 올라가니 여기저기에 자물쇠가 한
가득 매달려있었다. 사람들의 사랑과 우정이 영원하기를
바라는 마음으로 이렇게 하는 거라고 아빠가 알려주셨다.

나는 그중 한 곳에 서서 자물쇠(번호로 된 자물쇠였다)를 만지작거렸는데, 갑자기 자물쇠가 덜컥 풀려 버렸다.

오잉? 그럼 내가 다른 사람의 사랑과 우정을 깨뜨린 건가? 덜컥 걱정되었다. 나는 다시 자물쇠를 결합해 놓고 아무 일이 없기를 바랐다. (어떻게 잠갔길래 이렇게 쉽게 풀리냐. 혹시 일부러?)

집에 와서도 아까 남산에서 자물쇠를 풀었던 생각이 나

서 또 걱정됐다. 진짜로 내가 자물쇠를 풀어서 사랑이 깨졌으면 어떻게 하지?

어디 누구 아는 사람 없나요?

 예훈 Talk

남산에 자물쇠 거는 분들 제발 확실하게 잠그세요.
그렇게 쉽게 풀리면 안 되죠.

강아지가
너무 갖고 싶어

오늘은 첼로데이!

달리기를 한 것도 아닌데 왜 땀이 나지? 첼로를 아주 열심히 해서 땀이 났나 보다. 레슨이 끝나고 나는 엄마에게 달콤한 제안을 했다. 땀날 정도로 열심히 했으니 아이스크림 하나만 사 먹자고. (엄마에게는 아무것도 좋을 게 없는 제안이었지만.)

맘 좋은 엄마는 나에게 월ㅇ콘을 사주셨다. (한 입만 달라고 하지 마세요. 어머니!) 나는 아이스크림을 할짝할짝 핥아 먹으며 걸어갔다. 그럼 내 자전거는? 당연히 나의 절

친이자 보호자님이신 엄마가 타고 가기로 했다. 내리막길을 만난 엄마는 무섭다고 난리였다. (그 재밌는 내리막길이 뭐가 무섭다는 거지?)

우린 원래 가던 길이 아니라 그냥 쭉~~ 직진을 했다.엄마는 자전거를 쌩~ 타고 가고 난 아이스크림을 먹으며 주위를 두리번거리다 어떤 강아지 매장을 발견했다. 거기엔 완전 귀여운 갈색, 흰색 강아지가 정말 많이 있었다.

그중 폴짝폴짝 점프하느라 숨을 헐떡거리고 있던 흰색 강아지에게 손을 내밀어봤더니 강아지도 자기 손을 내밀어 주었다. (강아지는 전부 발인가?)

나는 너무 귀여워서 어쩔 줄 몰랐다. 계속 강아지랑 놀고 싶었는데 엄마가 가야 할 시간이 되었다고 하셨다. 아쉽지만 강아지에게 작별인사를 하고 가게를 나왔다.

　아…. 아까 그 귀여운 강아지가 자꾸 생각났다. 너무너무 갖고 싶었다. 근데 예준이 형은 강아지도 고양이도 다 싫어해서 예준이 형이랑 같이 사는 집에서는 꿈도 꿀 수 없다. (이렇게 귀여운 강아지를 어떻게 싫어할 수 있지?)

　예준이 형,
　어서 결혼해서 집을 나가줄래?

 예훈 Talk ──────────────────

예준이 형, 집을 나가더라도 그림은 계속 그려줘.

지구를
정복할 거야

좋은 일
두 가지

오늘은 드디어 사행시 결과가 나오는 날!

과연 누가 뽑히게 될지 아침부터 너무 궁금했다. 교실에 들어가니 친구가 소곤소곤 속삭였다. 내가 환청을 들었나? 바로 내가 뽑혔다는 것이다!! 나는 믿기지 않았다. 우리 반 27명 중에 내가 뽑히다니! (선물도 있겠지?)

오늘은 사행시 말고도 특별한 게 또 있었다. 바로 다음주에 하는 체육대회 계주 대표선수를 뽑는 날이기 때문이다. 여자 2명, 남자 2명을 뽑기 위해 우리는 달리기 시합을했다. 내가 첫 번째도, 두 번째도 모두 1등이어서 결국 대표선수로 뽑혔다.(근데 내가 이렇게 달리기가 빠를 줄이야?)

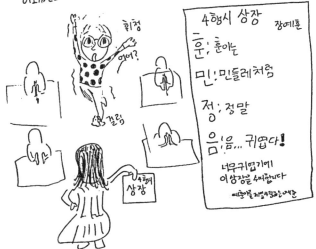

오늘은 무조건 내가 다 뽑힌 날이네. 좋은 일이 몰려오
니까 정신이 하나도 없는 하루였다. 휘청~

이게 꿈인지, 생시인지? 누가 나 좀 꼬집어 주세요.

예훈 Talk ──────────────

뽑힌다고 다 좋은 건 아니겠죠?
예를 들어, 반대표로 노래 부르기,

우리집 첫 번째
실종사건

엄마가 오페라 초대권을 받아서 공연을 보고 왔다. 결국 보고 오긴 했는데 하마터면 물 건너갈 뻔했다.

왜냐하면, 이야기가 이렇다.

시립도서관에서 공부하는 예준이 형을 데리러 퇴근하고 오신 아빠는 차를 빠르게 운전해서 갔다. 예준이 형을 태우기로 약속한 시간이 있기 때문에, 그 시간에 맞춰서 가면 공연장에 문제없이 가는 거였다.

드디어 도서관 주차장에 도착! 나는 도서관 매점 앞으

로 예준이 형을 데리러 뛰어갔다. 깜짝 놀라게 해주고 싶었던 거였다. 근데 형아가 없었다. 예준이 형? 어디 있어?

차에 돌아와서 형이 없다고 했더니, 아빠가 바로 전화를 했지만, 전화도 꺼져있었다. 그때부터 아빠랑 엄마는 도서관 모든 층을 뛰어다니며 형을 찾기 시작했다. 나중에 들었는데, 엄마는 남자 화장실 앞에서 예준이 형 이름을 불렀다고 했다.

그런데 아무 곳에도 없었다. '대체 예준이 형은 어디 있나? 이러다 공연은…. 뭐, 지금은 예준이 형을 찾는 게 중요하지.'

약속한 시간보다 20분이나 지났다. 도서관 어디에도 없고 전화도 꺼져있고 화장실에도 없으니 아빠는 경찰에 실종신고를 했다. 그리고 조금 있으니까 도서관 정문 쪽에서 예준이 형이 걸어오고 있었다.

도서관 길 건너 편의점 앞에서 기다리고 있었다고 했다. "도서관 매점 앞에 있으라고 했는데, 편의점이 매점이야?" 아빠는 예준이 형에게 버럭 화를 냈다. (아빠는 화낸 게 아니라고 하셨는데, 내가 볼 때는 화를 냈다. 화가 날만

57

도 하죠. 괜찮아요. 아부지.)

아무튼, 형을 만난 시간은 이미 공연이 시작된 시간…. 중간에 쉬는 시간에 들어갈 수 있을 거라면서 아빠는 공연장으로 차를 몰았다. 다행히 아빠의 예상대로 우리는 중간에 입장할 수 있었다.

오페라가 뭔지 몰랐는데, 보니까 무대 아래쪽에 엄청나게 많은 오케스트라 연주자가 있었다. 정말 깜짝 놀랄 만큼 많은 사람들이 안 보이는 곳에서 모든 곡을 연주하고 있었다. 배우들이 이 음악에 맞춰서 대사를 노래로 부르는 게 오페라라는 것을 알았다.

그런데 나는 공연 2막이 끝나고 3막이 시작할 때 아빠 팔을 베고 쿨쿨~~

아…….

예준이 형아 때문에 걱정을 하도 많이 했더니 피곤했 던 게 분명해.

예준이 형,

돌아와 줘서 고마워.

 예훈 Talk ————————————————

20분이나 기다렸으면 전화를 빌려서라도 해야 하는 거 아닌가요?

떡꼬치 미션
대성공

주말에 떡꼬치를 만들어주겠다고 가족들에게 큰소리를 쳤는데, 드디어 토요일이 오고야 말았다.

떡꼬치 만드는 날이라, 내 마음은 두근두근.

나는 가족들에게 빨리 떡꼬치를 만들어주고 싶어서 아빠, 엄마를 졸라 재료를 사러 나갔다. 내가 나온 목표는 오직 떡과 꼬치였는데, 아빠 엄마는 다른 것에 한눈이 팔려 계셨다. 어찌어찌 재료와 꼬치를 사서 집에 도착했다.

아, 집으로 오는 길에 어떤 교회에서 솜사탕을 나눠주고 있었다. "와~~ 내가 그토록 먹고 싶었던 솜사탕~~~" 솜사탕은 안된다고 하던 아빠가 몇 번이나 뜯어가서 냠냠 잘도 드셨다.(아빠는 내 몸에 안 좋은 거라 대신 먹어주는 거라고 했지만, 믿을 수 없었다.) 아빠랑 나랑 둘 다 손이 끈적끈적, 입도 끈적끈적.

다시 떡꼬치 만든 이야기.

제일 중요한 건 역시 소스다. 소스를 만들려면 고추장, 다진 마늘, 설탕, 케첩, 물엿이 필요했다. 그것들을 내가 쥐고 있는(어디서 알았는지는 비밀이다.) 레시피대로 섞으면 매콤새콤 소스 완성!

다음 단계는 떡을 꼬치에 꽂고 굽는 것이다. 나는 손이 뜨거워서 형한테 해달라고 했다. (이럴 땐 형이 최고다!) 드디어 모락모락, 바삭하게 구워진 떡꼬치 탄생! 우리는 구운 떡에다 소스를 착! 착! 발랐다. 완전 먹음직스러워 보였다.

나는 얼른 한 입 깨물어 맛을 봤다. '우와, 이렇게 맛있다니!' 나만 만족한 게 아니라, 우리 가족 모두가 별 다섯 개를 줬다. 떡꼬치 만들기 도전은 진짜 대성공이었다.

아부지, 이거 가게 하나 차리면 대박 나지 않을까요? 너무 맛있잖아!

 예훈 Talk

소스 만드는 레시피는 절대 공개하지 않을 거예요.

기분 다루기
챌린지

나는 배드민턴이 너무 치고 싶어서 아빠를 졸랐다. 아빠는 해야 할 중요한 일이 있다면서, 오후에 하러 가자고 하셨다. 어쨌든 약속을 받아냈으니 나는 내가 보고 싶은 영화를 한 편 보면서 기다렸다.

그리고는 아빠한테 가봤더니 우리 아부지 꿈나라로 쿨쿨. (아부지? 할 일이 자는 거였어요?)

나는 아빠 침대를 툭툭툭 건드렸다. 아빠가 으음? 하고 깨셨지만, 나는 기분이 시무룩해졌다. 나의 기분을 알아채신 아빠는 기왕 늦었으니 저녁을 먹고 나가자고 나를 꼬셨다. 아부지가 내 기분 풀어주느라 애쓰시는 걸 알기 때문에 나는 오키오키~ 하며 받아 주었다.

오늘 저녁은 내가 좋아하는 스파게티와 마늘빵. (기분 살짝 업?) 우린 저녁을 먹고 약속대로 밖으로 나갔다.

두 발 자전거를 배운 지 얼마 안 돼서 자꾸만 타고 싶어졌다. 그래서 난 자전거를 타고 배드민턴 치는 곳까지 갔다. 아빠는 내가 넘어질까 봐 자전거 꽁무니를 따라 계속 달리셨다.

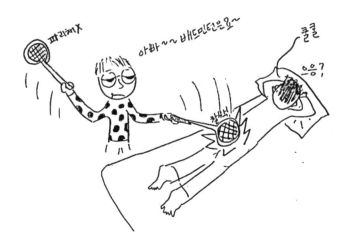

자전거로 쌩쌩 몇 바퀴 달렸더니 아까는 시무룩했던 내 기분이 지금은 완전 날아갈 거처럼 좋아졌다.

오늘 내 기분 다루기 챌린지 성공!!

 예훈 Talk ──────────────────────

기분이 시무룩할때 나가서 운동하는 게 최고예요.

시끌벅적
운동회

두둥~오늘은 우리 학교 운동회 날이었다. 날씨도 좋고 분위기도 좋고 아싸 너무 신났다.

나는 친구들과 함께 춤도 추고(내가 춤을 추다니?), 터널 통과하기, 천 위에서 달리기를 했다.

우리 반 계주 대표선수인 나는 계주 달리기 전에 몸풀기라고 생각하고 가뿐하게 놀았다. 근데 지금 생각해 보면, 천 잡아주신 엄마들 정말 놀랍다. 우리가 안 떨어지게 잡아주려면 엄청난 힘이 필요했을 거다. (오늘 아침 엄마한테 잘못한 게 있었다면 엄마가 확 놔버렸을지도?)

시간이 지난 후 운동회의 꽃!!! 바로 계주가 시작됐다. 아, 제발 우리 백팀이 이기길. 백팀과 청팀 선수들 모두 달리기 실력을 뽐내며 전력 질주했다.

드디어 내가 바통을 받을 차례가 되었다. 두근두근. 나는 그 거대한 바통을 들고(근데 무슨 바통이 이렇게 크냐) 제일 선두로 달렸고 다음 친구에게 패스했다.

그런데 일이 벌어지고야 말았다. 바통은 실수 없이 잘 넘겨줬지만, 내 친구가 그만 발을 헛디뎌서 우리 팀이 역전을 당하고 만 거다. 상대팀 쪽에서 와~~~하고 환호가 터져 나왔다. (나는 악~~하고 비명이 터져 나왔다.)

결국 우리 마지막 선수가 0.1초의 차이로 늦게 들어와서 우리 팀이 졌다. 갑자기 내 머릿속에서 웃음인지 울음인지 정체를 알 수 없는 뭔가가 터지는 느낌이었다.

하지만 이럴 때는 "친구야. 괜찮아. 너가 안 다쳤으니까 그걸로 다행이야."라고 말해야 하는 거겠지?

 예훈 Talk

친구가 넘어져서 다쳤으면 난 더 속상했겠죠?

칫솔이
뽑아준 이빨

오늘의 이야기는 칫솔로부터 시작되었다. 태권도를 가려고 저녁을 먹은 다음, 양치하러 화장실에 갔을 때 일이다. 나는 칫솔을 베어 물고 쉬를 하러 변기로 갔다. 양치를 했다기보다는 그냥 칫솔을 물고 질겅질겅 씹고 있었다.

근데 뭔가 이상한 느낌이 들어서 바로 칫솔을 빼서 봤더니 빨간색이 묻어 있었다. '이게 뭐지?'라고 생각할 것도 없이 그건 피였다. 으으으으~ 끔찍해.

예전에도 양치하다가 피가 난 적이 있어서 괜찮겠지 하

고 안심하려던 순간, 입안에서 뭔가 꿈틀거리는 걸 느꼈다.

나는 거울 쪽으로 가서 입을 크게 벌리고 입속을 봤는데, 혀 안에 뭔가 하얀색이 보였다. 그걸 손으로 꺼내 봤는데 피 묻은 이빨이었다.

칫솔을 물고 있을 때 실수로 달랑달랑 걸리는 이빨 쪽으로 씹었던 게 분명하다. 유후~~ 난 이가 뽑혔다는 게 너무 좋았다.

나는 엄마에게 이 사실을 빨리 알렸다. 그랬더니 엄마는 칫솔에게 화를 내셨다. (흔들리는 이에 실을 묶은 다음, 내 이마를 빡! 쳐서 뽑는 걸 못해서 그러신가?)

나는 태권도에 갈 때 솜을 물고 가야 해서 좀 불편했지만, 겁나서 뽑지 못했던 이가 안 아프게 뽑힌 건 정말 행운이었다.

  여태껏 칫솔이 나에게 해 준 가장 고마운 일이었다.

예훈 Talk ───────────────────────

하루에 세 번, 한 번에 3분 양치하는 건 정말 쉽지 않아요.

똥 같은
찰흙 너무 싫어

학교에서 수업 시간에 찰흙으로 바구니 만들기를 한다던데…. '아흐, 그 똥 같은 찰흙으로?'

'으~~ 뭔가 너무 싫어~~~~~~!' 난 찰흙의 그 느낌이 너무 싫었다. 하지만 이런 이유로 만들기 수업을 거부한다면, 선생님이 고개를 갸우뚱하실 게 분명하다.

난 똥 같은 찰흙을 쪼물딱 쪼물딱 만져봤다. 오호. 시간이 지나니 조금 익숙해졌다. 하지만 왠지 더럽다는 생각은 계속 들었다. 근데 여기에다 물을 부으면……. '으아아악~~!

상상만 해도 싫어!' 수업을 마치자마자 나는 화장실로 쌩 달려갔다. 깨끗하게 손을 씻고 나니 한결 기분이 나아졌다.

'더 이상은 찰흙을 만지기 싫어.'

뭔가 물컹물컹한 느낌이 생각만 해도 별로였다.
그래도 완성된 바구니를 보니 멋지긴 한데?

하나 또 만들어 봐?

 예훈 Talk ─────────────────────

컬러로 된 찰흙이었으면 괜찮았을까? 갑자기 궁금해지네요.

고무줄
총 대결

요즘 난 고무줄 총에 빠져 있다. 나는 소파에 있는 아빠 옆으로 가서 머리 위쪽 천장에다 고무줄 총을 퓽~ 하고 쐈다. 그랬더니 고무줄이 천장에 튕긴 다음 내 손이 아니라 엉뚱한 곳에 떨어졌다.

내 고무줄 놀이가 재미있어 보였는지, 아빠는 "줘봐, 아빠가 보여줄게."라고 하셨다. 아빠는 능숙하게 고무줄 총을 만들어서 천장에 튕기고 바로 손바닥으로 받았다. (흠흠…. 제법이시군.)

나는 아빠가 하는 걸 보고 한 번씩 날리는 대결을 하자고 했다. 아빠는 "콜! 5번 중에서 3번 먼저 이기는 사람이 승리다."라고 하셨다. (엄청 좋아하시는데?)

내가 먼저 고무줄 총을 만들어 퓽~ 쐈다. 실패…….
그다음은 아빠 차례.
천장 맞고 아빠 손위로 착륙 성공.
내 차례, 실패, 아빠 차례, 당연한 승리…….
내 차례, 흔하지 않은 승리, 아빠는 흔하지 않은 패배. 이런 식으로 계속해서 결국엔 아빠가 이겼다.

우리 집 고무줄 총 대장은 아빠로 인정!
나는 너무 재밌어서 아빠에게 다시 하자고 했지만,
아빠는 위층에서 놀란다고 그만하자고 하셨다.

위층에서 설마 고무줄 소음으로 내려오는 건 아니겠지?

 예훈 Talk

아빠는 뭐든지 반복해서 하다 보면 잘하게 된다고 하셨어요.

지구를
정복할 거야

요즘 나의 관심사는 세계 여러 나라의 위치를 알아보는 거다. 학교에서 숙제로 가보고 싶은 나라에 대해 알아보고 소개하는 시간이 있었는데, 그때부터 여러 나라가 궁금해졌기 때문이다.

이런 나를 보고 아빠가 지구본을 사준다고 하셨다. (아부지, 이런 건 서프라이즈로 해야죠~~ 좀!) 원래 지구본이 하나 있었는데, 지구 껍질(?)이 막 벗겨져 있고, 글씨도 너무 흐리게 변해서 보기가 진짜 힘들었다.

학교를 마치고 나는 지구본이 기대되긴 했지만, 그냥 좀 천천히 걸어왔다. (사실은 지구본이 오늘 배송 온다는 게 생각나지도 않았다.) 집 앞에 와보니 길쭉한 택배 상자가 와있었고, 자세히 보니 지구본이라고 쓰여 있었다.

'오호~ 진짜 왔네?'

나는 상자를 영차영차 들고 들어와서 후다닥 열어봤다. 그냥 지구본이 아니라 불이 들어오는 지구본이었다. "세상에나! 완전 좋아~~"

엄마가 전선을 콘센트에 꽂은 다음 딸칵! 스위치를 켜니까 불빛이 들어왔다. 나는 잠잘 때 이걸 침대 쪽에 스탠드처럼 켜놓고 자고 싶어졌다. 그래서 재빨리 방으로 옮겨 내 책상 콘센트에 꽂고 침대 쪽으로 가려는 순간, 선이 연결되어 있다는 걸 깜빡 잊어버리고 그만 걸려서 넘어졌다.

다행히 다치지는 않았지만, 지구본 본체에 꽂는 부분이 부러져서 그 안에 박혀있었다. '힝……. 받자마자 이렇게 망가지다니……. 이게 말이 됨?'

근데 다행히도 엄마가 지구본 구멍에 박혀있던 걸 이렇게 저렇게 하더니 잘 빼내셨고, 아빠는 이 지구본을 파는 곳에 잘 얘기해서 케이블을 다시 받기로 했다. 다음부터는 조심할게요. 꾸뻑.

새로운 지구본을 받자마자 내가 일을 냈지만, 문제가 잘 해결돼서 정말 다행이었다.

이제 지구를 정복하기만 하면 되는 건가? 후훗~

예훈 Talk ────────────────

내가 가보고 싶은 나라로 소개한 곳은 이집트였어요.
피라미드에 꼭 가보고 싶어요.

나의 첫
자전거 라이딩

나의 첫
자전거 라이딩

　　오늘은 원래 버스 타고 전철 타고 여기저기 찾아가 보는 토요트립의 날이다. 그런데 아빠가 갑자기 자전거 라이딩을 가자고 하셨다.

　　"우와~~~ 드디어 나도 라이딩을 하는 거야?"

　　평소 같으면 도서관에서 하루종일 책을 읽는 예준이 형도 따라나섰다. 내가 걱정돼서 그런 거 다 안다. (하여간 못 말려.)

아무튼 우리는 자전거길을 마음껏 질주할 수 있는 라이딩 코스에 도착했다. '오호…. 완전 좋은데?'

우리는 자전거에 올라타 몸을 조금 풀고 나서 곧바로 마음껏 달리기 시작했다. 내 옆으로 쌩~~ 하고 자전거 선수 같은 분들이 지나갔다. 아빠는 내 뒤에서 "조심~~ 조심 ~~~ 오른쪽으로 붙어~~ 조심조심~~~~"을 쉬지 않고 외치셨다. (아부지, 창피하니까 걱정 말고 좀 조용히 하세욧!)

나는 처음엔 좀 비틀거리면서 중심을 잡았지만, 계속 달리니까 아주 편하게 탈 수 있게 됐다. '역시 나야~'

마구마구 달리다 보니 어떤 전철역이 나타났다. 아빠가 잠깐 쉬었다 가자고 하시면서 근처에 있는 편의점에서 메로나를 사주셨다. 나한테는 역시 메로나가 짱이다.

우린 다시 자전거에 올라타서 달리고 달리고 달리고 또 달렸다. 중간에 쉬는 쉼터에서 엄마가 싸주신 귤이랑 과자를 먹고 또 달리고 달리고 달렸다. 그랬더니 또 전철역이 나타났다. 이름이 국수역이었다. (갑자기 잔치국수가…. 쓰읍, 쩝쩝….)

나는 더 남쪽 아래로 달리고 싶었지만, 아빠는 지금 돌아가지 않으면, 어둡고 추워져서 안 된다고 하셨다. (단호!) 우린 아까 왔던 길을 거꾸로 다시 달리고 달리고 달리고 또 달렸다. 달리다 보니 이안이 형이랑 아빠는 보이지 않았다. 나를 지켜주는 예준이 형은 내 뒤를 따라오고 있었다.

그렇게 열심히 달리는 중에 내가 급브레이크를 잡아서 뒤따라오던 예준이 형이랑 부딪혔다. 아흑~~~ 형은 엄청나게 아파했다. "형 괜찮아?"

나는 너무 미안해서 어쩔 줄 몰랐다. 나의 보디가드 예준이 형이 갑자기 자전거에서 내려서 화를 냈다. (보디가드 해고할까?)

하지만! 우린 곧바로 다시 친해졌다.(천만다행 휴~) 아빠의 예상대로 7시쯤, 출발했던 곳에 도착했다. 아빠 말로는 우리가 29㎞를 달렸다고 했다. 감이 잘 안 왔는데 29,000m라고 하니 느낌이 팍 왔다. '내가 29,000m를? 역시 나야~'

배가 고파 지쳐버린 우린 내가 제일 좋아하는 콩나물국밥을 먹기로 했다. 드디어 국밥이 눈앞에 짠~~ 나는 달걀을 푹~ 풀어서 우걱우걱 먹었다.

오늘은 나에게 완전 특별한 날이 되었다. 혼자서 두발자전거로 29㎞를 달린 날이기 때문이다. 나는 완전 멀쩡한데, 아빠는 다리가 너무 아프고 몸이 힘들다면서 집에 들어오자마자 뻗었다.

아부지, 몸이 그래서 1박 2일 라이딩 약속 지키겠어요?

예훈 Talk ─────────────────────────────

근데 너무 바짝 뒤따라오는 게 급브레이크를 잡은 거보다 더 위험한 거 아닌가요?

스피너
돌리기

오늘은 스피너에 대해 얘기해 볼까?

　우리 집에 몇 개의 스피너가 있는데, 흠집이 난 곳도 있지만, 아직 멀쩡히 돌아간다.

　나는 두 개의 스피너를 한 번에 돌려서 어떤 게 오래 도는지 대결을 시켜보고 싶었다. 그런데 한 번에 두 개의 스피너를 동시에 어떻게 돌리지? 하나는 왼손 하나는 오른손? 그러면 돌리는 힘이 달라서 불공평한데…….
　흠…. 아무래도 한 번에 돌리는 건 어려우니까, 공정하게 하나씩 돌려서 시간을 재는 게 좋다고 생각했다. 이안 이 형이 타이머를 누르면 내가 스피너를 한 개씩 돌리기로 했다.

두둥! 먼저 내 스피너를 돌리기로 했다. 준비~~ 고! 뱅그르 돌렸더니 돌고 돌고 돌고 돌~~~~~~~~~더니 스르르르 멈추었다. 오~~~ 결과는 정확히 3분!

그다음은 이안이 형 스피너 차례.

형의 스피너도 빙글빙글 돌고 돌고 돌고 돌고 돌고 돌더니…! 아쉽게도(아니지, 다행히도), 형 거는 49초였다. (훗훗. 역시 내 스피너를 따라올 순 없지.)

이렇게 뿌듯해하는 순간……

우리 반에서 나랑 친한 친구가 자랑했던 스피너가 떠올랐다. 그 친구 거는 13분을 너끈히 돈다는데…….

그러니까 오늘의 결론!

아부지, 나도 13분 도는 스피너 갖고 싶어요. 네?

예훈 Talk ————————————————————

근데 정말 13분씩이나 도는 스피너가 있을까요?

번개
발차기

부웅~ 태권도장 차에 올라타면 갑자기 궁금해진다. 오늘은 어떤 재미있는 게 나를 기다리고 있을까?

드디어 도착! 내 눈앞에 어떤 줄과 큰 컵타가 보였다. '오잉? 이걸로 뭘 하는 거지?' 사범님이 그 정체를 알 수 없는 줄을 길게 펼쳤다. 설명을 듣고 나서 그 줄을 따라 뛰고, 사이드 스텝도 배웠다.

노래가 나오는 동안 우리는 우다다다다다 달렸다. 그렇게 달리고 또 달리고 몇 번이나 반복하다 보니 땀이 쪼르르…….

땀으로 범벅이 된 우리를 본 사범님이 물 마시는 시간을 주셨다. 벌컥벌컥벌컥. 캬, 역시 물이 최고였다. 그런데 물이 목구멍으로 내려가기도 전에 사범님이 갑자기 발차기 미트를 들었다. (숨 좀 돌리고 하죠, 사범님?)

우리가 힘들어하는 걸 눈치챘는지 사범님이 이벤트를 걸었다. 바로 엄청 빨리 찬 2~3명을 사범님이 뽑아서 쉬게 해 준다는 거였다. 나는 '좋았어. 엄청 빨리 차고 쉬어야지' 생각하고 순서를 기다렸다.

이제 빠른 발차기 시작~!!!

나는 엄청나게 빠른 번개 발차기를 한 거 같은데, 처음에는 어떤 여자아이랑 형이 뽑혀서 쉬었다. 헉헉….

다시 두 번째 도전!!! 이번엔 내가 뽑혔다. 그리고 세 번째는 여자아이들 두 명이 뽑혔고, 네 번째는 내가 뽑혔다. 사범님이 우리 중에 내가 가장 빠르다고 말씀해 주셨다. '그런가? 흠……. 어쨌든 내가 제일 빠르다고 하니 기분은 아주 좋아.'

그런데 사범님, 이거 속도랑 상관없이 돌아가면서 쉬게 해주는 거 같은데요? 헉헉…….

 예훈 Talk ──────────────

번개 발차기를 쉽게 생각하지 마세요. 엄청 힘들다고요.

호빵 찾기
미션!

콧물이 줄줄…. 코감기에 걸린 나는 엄마 손에 이끌려 병원에 가야만 했다. 늘 사람들로 바글바글한 병원에 엄마는 진료 접수를 하러 가셨고, 나는 1년 만에 호빵을 찾으러 길을 떠났다. 내가 너무나 좋아하는 팥호빵.

아. 호빵이 있을지 없을지 마음이 콩닥콩닥했다. 나는 다른 사람들이 다 사가서 없을까 봐 전력을 다해 뛰었다. 드디어 작년에 호빵이 있던 자리에 도착했다. 하지만 그 자리에 라면이 있었고 호빵은 없었다.

'아니, 이게 어떻게 된 거지? 1년 사이에 진열대가 이렇게 바뀌다니!'

나는 주위를 두리번거렸다. 바로 그 순간, 내 눈앞에 광고에 나온 호빵이 보였다. 나는 이 기쁜 소식을 엄마한테 알리기 위해 병원으로 달려갔다.(핸드폰이 있었으면 이럴 때 얼마나 편할까?)

"누가 가져가면 어떡하지?" 엄마를 만난 나는 얼른 가서 호빵을 사야 한다며 재촉했다. 나처럼 빨리 뛰지 못하는 엄마한테 천천히 오라고 하고, 내가 먼저 달려가서 호빵을 맡아두겠다고 말하고는 다시 뛰었다. 아까부터 쉬지 않고 뛰니까 숨이 찼다. (아, 호빵이 뭐라고……)

다시 도착했을 때, 호빵은 아직 남아 있었고, 나는 팥 호빵을 낚아챘다. 엄마가 어디 있냐고 불렀을 때 나는 "여기! 여기!" 라고 외쳤다.

드디어 호빵 한 봉지를 품에 안은 나는 얼른 먹고 싶었지만, 엄마는 집에 가서 데워 먹어야 한다며 안된다고 하셨다. 하지만 나는 참지 못하고 데우지도 않은 호빵을 한 입 먹어보았다. '음~~~~ 역시 그냥 먹어도 맛있군~~' 하며 계속 먹었는데, 먹다 보니 맛이 이상했다.

'역시 호빵은 데워 먹어야 제맛이구나.'
어머니, 다음부터는 말 잘 들을게용!

어쨌든, 오늘 호빵 찾기 미션은 성~공!!

예문 Talk ────────────────

김치호빵은 도대체 어떤 맛이에요?

시험의
관문

    오늘은 학습지 선생님이 집에 오시는 날이었다. 그냥 오시는 게 아니라 나를 시험 보기 위해서다. (오, 나를 시험에 빠지지 않게 하소서.)

    드디어 벨이 울렸다. 선생님이 후다닥 들어오셔서 나에게 시험지를 주셨다. 한자부터 시작이었다. (마법 천자문 도와줘~~~) 나는 잽싸게!가 아니라 천천히 생각하면서 풀기로 했다. 못 푼 문제도 있었지만, 인내심을 가지고 하나하나 풀어나갔다. 한자 점수는 94점!

그다음은 국어시험. 제발 100점이길….

나는 걱정스러운 마음으로 아주 천천히 풀기로 했다. (어떻게 학교에서 보는 시험보다 이게 더 어렵냐?) 아직도 손이 부들부들거린다.

드디어 마지막 문제를 풀고 연필을 놓는 순간, 시험은 끝이 났다. 오우, 제발 좋은 결과가 나오길….

나는 선생님이 채점하시는 동안 다른 문제집을 풀었다. 그러자 선생님이 "몇 점이게?"하고 물으셨다. 나는 '에이 ~ 많이 틀렸겠지' 생각하며 80점이라 말했다. 그런데, 오잉?? 결과는 바로바로 100점!!!

나는 너무 기쁘고 믿기지 않았다.

"정말 다 맞았다고요? 그뤠잇!"

난 너무 기뻤다. 기쁘긴 했는데, 시험은 너무 어렵고 싫었다.

시험 없는 세상 어디 없나요?

 예훈 Talk ─────────────────────

난 놀고 싶은데, 형아들을 보니까 맨날 시험공부만 하고 있더라고요.

염소의
먹방 사건

오늘은 같은 교회에 다니는 가족들과 가을소풍을 다녀
왔다. 처음엔 안 가고 싶었지만, 레일 썰매도 탈 수 있고 맛
있는 바베큐도 먹는다면서 아빠가 꼬셨다.

현수 형, 현우 형, 지호 형, 지유도 온다면서, 나는 무조
건 가야 한다고도 하셨다. (단호!) 어쨌든 난 가기로 했고
(내가 결정한 거 맞나?), 우리 가족은 어떤 농원에 도착
했다.

뭐 하고 노나, 생각하다가 예준이 형이랑 배드민턴부터

쳤다. (근데 형은 다 컸는데 여기 왜 온 거야?) 그런 다음 우리 어린이들은 염소에게 먹이도 주고, 레일 썰매도 신나게 탔다.

좀 쉬다가 현수 형이랑 나는 다시 염소에게 먹이를 주기 위해 뛰어갔다. 현수 형이 풀을 뜯어서 한 입 줘 봤더니 어그적 어그적 잘도 먹었다. 우린 주고 주고 또 줬지만, 염소는 아직도 "음메~ 음메~"를 하고 있었다.

형이랑 나는 먹이를 찾으러 울타리 위쪽으로 올라갔다. 그랬더니 염소도 우리 쪽으로 따라왔다. (넌 대체 뭐니?

그렇게 배가 고픈 거니?) 우린 풀과 꽃을 뜯어서 염소에게 줬다. 얼마나 빠르게 잘 먹던지 주는 대로 후다닥 먹어 치웠다.

"설마 대나무도 먹을까? 이건 안 먹겠지?"
하도 잘 먹어서 옆에 있는 대나무를 들어서 난간 안으로 쏙 집어넣었더니, 염소는 우리의 예상을 깨고 대나무까지 우걱우걱 먹으려고 덤벼들었다.

"그건, 안돼~~~~~~"
으아~~~, 이 녀석은 정체가 도대체 뭘까? 욕심 많은 먹보인 게 틀림없어!! 다른 염소 친구를 밀치기까지 했으니까!

욕심쟁이 염소야, 오늘은 그만 먹어!
다음부터 친구 밀치고 혼자 다 먹으면 안 돼!

 예훈 Talk

우리가 너무 많이 줘서 배탈이 나지는 않았을까 걱정이 되네요.

노는 게
제일 좋아

오늘도 나의 피아노 실력을 향상시키기 위해 피아노 학원에 가는 길이었다. 나는 엄마가 나오실 때까지 놀이터에서 놀고 있으려고 먼저 나왔다.

놀이터엔 나보다 형처럼 보이는 두 명이 지탈놀이를 하고 있었다. 지탈놀이는 술래가 눈을 감고 숨어 있는 친구를 잡는 게임이다.

나는 형들이 하는 게 재밌어 보여서 가까이 가서 질문도 하고 방해도 했다. 그랬더니 술래인 형이 나한테 대답

해 주고 말하기 시작했다. 갑자기 나도 지탈놀이를 하고
싶다는 생각이 들었다.

그 형이 내 마음을 눈치챘는지 "같이 놀래?"라고 물어
봤다. 나는 "음…. 그래! 그 대신 엄마 오기 전까지만!"이라
고 말하고 지탈놀이를 시작했다.

나는 안 들키게 놀이기구 바깥쪽에 매달려 조금씩 움직
이고 있었다. 그런데 그 형이 슬금슬금 다가오더니 내 팔
을 낚아채서 내가 술래가 되었다.

나는 눈을 감고 숨은 형들을 찾기 위해 천천히 움직였

다. 드디어 그중 한 명 형을 잡았더니, 나에게 "오, 실력 좋네"라고 말했다.

그렇게 재미있게 놀고 있었는데 엄마가 나타나셨다.
흠, 재미있게 놀고 있을 땐 엄마가 안 반갑군요.
(오늘 피아노 안 가고 계속 놀면 안 되나요?)

이제는 우리가 헤어져야 할 시간.
형님들, 오늘 재미있었어.
다음엔 좀 잘 숨어 봐.

 예훈 Talk ──────────────────

술래가 눈 감고 있을 때 같이 놀던 친구들이 몰래 가버리면
어떻게 하죠?

내 사촌 동생
민하

오늘은 우리 할아버지, 할머니가 결혼한 지 50년이 되는 날이다. (우와…. 50년이라니!! 할부지, 할머니 대단해요!) 그래서 금혼식을 한다고 온 가족이 모였다. 거기에다 할머니 생신까지 한꺼번에!

우리 가족(엄마 쪽)은 다 모이면 24명이나 된다. 할아버지, 할머니, 이모들, 이모부들, 삼촌, 숙모 그리고 나 같은 손주들까지 다 합치면 그렇다.

우리는 가족사진 촬영을 하고 식당에 가서 금혼식과 생신 축하를 했다. (가족사진은 제일 큰형 이레 형이 태어났을 때 찍고 20년 만에 찍는 거라고 했다.)

생신 축하를 마치고 우리는 할머니네 집으로 왔다. 할머니네 아파트 놀이터에서 내 친척 동생 사랑이랑 그네를 타며 놀았다. 그런데, 바로 그때! 내 눈에 귀염둥이 민하가 포착되었다.

민하는 우리 가족 전체 중에 가장 꼬맹이이자, 최고 귀요미이다. 너무 귀여운 민하가 미끄럼틀을 타고 있었고, 우리 아빠는 계속 사진을 찍고 있었다. (아빠가 어디 갔나 했더니 민하한테 빠져 있었던 거다.)

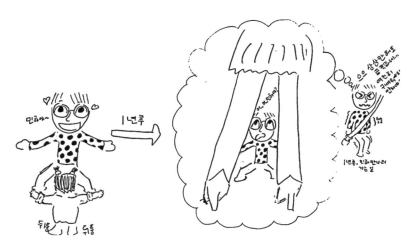

나는 얼른 가서 민하를 안았다. 그리고 미끄럼틀을 태워주기 위해 계단으로 올라갔다. 평평한 미끄럼틀과 울퉁

불퉁한 미끄럼틀 두 개가 나란히 붙어있었는데, 내가 울퉁불퉁한 미끄럼틀에 앉고 민하를 평평한 곳에 앉힌 다음 슝~~ 내려갔다.

친척 동생과 누나들도 민하를 안고 싶어서 "민하야~ 민하야~ 민하야~~"하면서 두 팔을 벌렸지만, 민하가 안긴 사람은 바로 나였다. 우히힛.

'귀여운 민하가 나를 선택해 주다니!' 난 속으로 너무 기뻐했다. 그 다음번도, 또 그 다음번에도 나를 선택했다. 우히히히.

그런데 갑자기 걱정이 되었다. '내년에 민하를 다시 만났을 때도 나한테 안길까? 내년에도 나를 좋아해 줘야 하는데…… 1년 사이에 몰라보게 커져 있는 건 아니겠지?'

민하가 너무 빨리 크지 않으면 좋겠다. 그리고 내가 오빠니까 더 빨리 커야지! 쑥~ 쑥~

 예훈 Talk ───────────────────

결혼 50주년은 정말 굉장한 거 같아요. 오래오래 건강하게 사세요.

치킨의
힘

　오늘의 일은 모두 나로부터 시작됐다. 나는 가족들과 길을 걷던 중에 한 가지 제안을 했다. 점심으로 치킨 or 햄버거 or 피자를 고르라고 했다. 그동안 모아놓은 용돈으로 내가 쏘겠다는 말이었다. (내가 왜 그랬지?)

　근데 형들은 바로 길을 걷다가 발견한 ㅇㅇ다방이란 곳에서 떡볶이를 먹고 싶어 했다. 하지만, 치킨이나 햄버거를 생각했던 나는 그건 안 된다고 했다. (돈을 내는 사람이 나니까 내 맘이다. 으하하하)
　결국 이레 형과 예준이 형은 내가 사주는 거로 먹겠다

고 결정! 하지만 이안이 형은 아직도 ㅇㅇ다방 떡볶이를 고집했다. (이안이 형은 떡볶이 대장이다) 하지만, 나는 바로 놉! 하고 대답했다.

사실 몸살로 집에 누워계신 아빠를 위해 내가 뭔가를 하고 싶었던 거였다. (아빠, 진짜 아픈 거 맞죠?) 나는 집에 들어오자마자 아빠에게 이 소식을 전했다. 아빠는 이 말을 듣자마자 바로 다 나았는지, 어떤 치킨을 먹을지 투표를 하셨다. (예상대로 꾀병이었군….)

나는 자전거도 타고 싶고 아빠랑 나가고 싶어서 얼른 치킨을 사러 나가자고 졸랐다. 아빠는 몸이 아프신데도 내

부탁을 들어주셨다. 나는 공터에서 신나게 자전거를 탔다. 그다음 아빠랑 포장된 치킨을 받아서 집으로 돌아왔다.

우리가 집에 들어오자, 쏜살같이 식탁에 모여든 형아들이 후다닥 먹을 준비를 했다. 형들은 나를 반가워하는 건지 치킨을 반가워하는 건지 모르겠다. (이게 바로 치킨의 힘?)

아무튼 모두 좋아하는 걸 보니 큰돈을 썼지만, 기분이 좋았다.

우린 치킨을 하나씩 들고 한입 가득 바사삭~~ 베어 먹었다.

역시 치킨이 최고야~
그레잇!

 예문 Talk ─────────────────────

형님들, 내가 돈 많이 벌어서 치킨 맘껏 먹게 해 줄게.

할머니의
사랑 냄새

꼬옥~

할머니의
사랑 냄새

오늘 아침에는 엄마가 갈비탕을 끓여주셨다.
(아침부터 이게 웬 떡? 아니, 웬 갈비탕?)

학교 가기 전에 밥을 먹으려고 식탁에 왔을 때 엄마가
말씀해 주셨다. "이거 할머니가 보내주신 거니까 감사한
마음으로 맛있게 먹어."

나와 형들은 뜨근한(?) 갈비탕을 냠냠 정말 맛있게 먹
었다. 그런데 할머니가 갈비탕을 보내주셨다니까, 갑자기
김치가 생각났다.

우리 할머니는 만날 때마다 김치를 엄청 많이 싸 주신다. 그것도 종류별로 각각 다른 통에 담아서 주신다. 이건 무슨 김치, 이건 무슨 김치…….

'큰집에는 김치 창고라도 있는 건가?' (우리 할머니는 큰아빠, 큰엄마랑 같이 사신다.)

김치를 얼마나 많이 주시는지, 우리가 큰집에 갔다가 돌아올 때마다 차에는 김치 냄새가 진동한다. 그리고 집에 도착하면 형들은 김치통을 날라야 한다.

우리도 할미 사랑인데…

할머니~ ♡
김치는 싫어도…
할머니는 너무 좋아요!! ♡

장… 할머니, 이제 저 김치 좀 그만…

어이구~ 그래
나도 사랑해~

꼬옥~

내가 세상에서 가장 싫어하는 음식이 김치라서, 코를 막고 찡그리고 있으면 "이게 다 할머니의 사랑 냄새야."라고 엄마가 알려 주셨다.

하지만 나는 갈비탕으로 할머니의 사랑을 느끼고 싶다. 김치에서는 안 느끼고 싶다.

할머니는 대체 얼마나 우릴 사랑하는 거지?

 예훈 Talk ─────────────────────

할머니 제가 김치 싫어해서가 아니라, 할머니 힘드시니까 이제 김치 하지 마세요.

용돈
벌기

오늘은 나의 용돈 벌기가 시작된 날이다. 이야기는 이렇다. 돈을 많이 모으고 싶은 나는 아빠에게 용돈을 좀 달라고 했다. 하지만 아빠는 그냥 돈을 줄 수 없다면서, 용돈을 벌 수 있는 표를 만들어서 보여주셨다. 어쨌든 돈을 벌 수 있다고 하니 너무 좋아서 빨리 하고 싶었다. '근데 어떻게 하는 거지?'

아빠는 나를 앉혀놓고 뭐라고 뭐라고 설명해 주셨다. 그러니까 말하자면 집에서 할 수 있는 일들을 스스로 하고 체크한 다음, 엄마가 확인 사인을 하면 어떤 건 100원, 어떤 건 200원, 이렇게 기록이 되는 거였다.

일주일 동안 매일매일 할 수 있는 거고, 토요일에 한번 아빠가 확인한 다음 용돈을 준다고 하셨다. 그리고 그 용돈 중에서 십 분의 일은 이웃을 위해서 떼어놓고 아빠가 돈을 더 보태서 어려운 이웃에게 보낸다고 하셨다. 나는 생각할 필요도 없이 "오케이!"를 외쳤다.

열심히 해서 돈을 벌 생각에 나는 신이 났다. '이제 돈 벌러 가야지~' 하고 움직이려는데, 아빠가 "아직~~" 하셨다. 빨리 신발정리도 하고 거실정리도 하고 싶은데, 아빠가 주의사항이 어쩌고저쩌고 계속 말씀하셨다. 나는 모든 걸 "오케이~라고요!!" 하고 싶었지만, 듣다 보니 계속 질문이 생겼다.

"아빠, 그럼 이거는요? 아빠, 이럴 땐 어떻게 되는 거야? 이건요?" 이렇게 반복했다. 아부지의 설명이 끝난 후 나는 완벽히 알아들었다. (잘만하면 금방 부자 될 거 같은 기분이?)

"이제 돈 벌러 가도 되나요?"
"아니, 내일부터다!"

"아부지!!!"

 예훈 Talk ────────────────

티끌은 모아도 티끌이라고 하던데, 사실이 아니죠?
100원, 200원 차곡차곡 모아 보려고요.

종이비행기에
푹 빠진 날

오늘 학교에서 종이비행기 날리기 놀이를 했다. 이렇게 재밌는 거를 왜 진작 안 했을까? 집에 오자마자 난 종이비행기를 만들었다. 처음에는 설명서를 보고 접기 시작했다. 접는 게 쉬워져서 그다음부터는 눈에 띄는 종이가 다 나의 표적이 되었다.

난 이제 종이비행기에 푹 빠지게 된 거다. 완성된 종이비행기를 거실 복도에서 힘을 꽉 주고 힘껏 날렸다. 그러자 종이비행기가 슝~ 하고 날아갔다.

‘오호~ 이거 완전 재밌는데?’

아까 학교에서 내 친구가 날린 거보다는 멀리 안 날았지만, 그래도 성공해서 기분이 업됐다.

‘다시 한번 날려볼까?’

그런데 이번에 날린 종이비행기는 아무 힘없이 슝~~~ 날리자마자 파다닥..... 하고 바닥에 처박혔다.

‘비행기가 뭐 이래? 내가 잘 못 접었나?’

나는 다른 종이로 후다닥 접어서 다시 날려보았다. 하지만 이번에도 슝~~~ 파다닥......

'하~ 쉽지 않네?'

하지만 여기서 포기하면 장예훈이 아니지! 나는 계속 접고 또 접었다. '언젠가는 내 친구 거보다 멀리 날아가는 비행기를 만들고야 말겠어!'

"엄마~~~ 종이 더 없어요???"

 예문 Talk

아빠가 힘을 빼고 부드럽게 던져야 한다면서 시범을 보여주셨는데, 그것도 바닥에 처박혔어요.

악기
천국

오늘은 내 첼로 A현을 바꾸러 악기사에 다녀왔다. 악기사엔 신기한 악기들이 정말 많았다. 나는 곧장 만져보고 싶어서 손이 근질거렸지만, 엄마는 눈을 크게 뜨고 안 된다고 했다.

흠……. 이 많은 악기 중에서 내가 만져볼 수 있는 게 없다고? 그런 생각을 하던 찰나에 피아노가 눈에 들어왔다. 나는 옆에 있던 피아노를 슬쩍 열어서, 요즘 연습 중인 곡을 쳤다. 아름다운 소리가 울려 퍼졌다. (내 귀에만 그렇게 들린 건 아니겠죠?)

거기에 콘트라베이스라는 악기가 있었는데 내 키보다 컸다. 내 키가 131센치인데 그건 한 134?

(뭘 먹어서 그렇게 컸어요?)

내가 그 많은 악기들 사이에서 눈이 휘둥그레진 사이에 악기사 선생님이 현을 갖고 와서 내 첼로 현을 빼기 시작했다. 현을 가는 모습을 보니까 정말 신기했다.

그 많은 악기들 속에서 착착 현을 가는 악기사 선생님

을 보니 너무 멋져 보였다. "아부지, 나도 커서 악기사를 차려 볼까요?"

악기사를 차릴지 떡꼬치 가게를 차릴지, 무척 고민이 되는 날이다.

 예훈 Talk ─────────────────────────

떡꼬치를 팔면서 악기도 고쳐주는 건 좀 그런가요?

아빠와의
비밀 얘기

오늘은 아빠랑 데이트하는 날이었다. 함께 배드민턴을 치고 내가 제일 좋아하는 콩나물국밥을 먹으러 걸어가는 길이었다.

우린 손을 잡고 걸으면서 많은 얘기를 했는데, 그중에서 "예훈이가 아빠 엄마 아들로 태어나줘서 고마워."라는 아빠의 말이 가장 기억에 남았다.

나는 곧바로 "내가 우리 가족에 태어나서 너무 기뻐"라고 말했다. 그렇게 우리는 비밀 얘기를 하듯이 속닥속닥(

소떡소떡이 먹고 싶어지네?) 말했다. 그중에 가장 많이 나온 말이 "사랑해, 감사해."였다. 우린 이걸 몇 번이나 반복해서 말했는지 모른다.

아빠나 엄마와의 이런 대화는 흔하지만, 나는 이때가 너무너무 좋다. 나는 또 "아빠, 나이 먹지 마~"라는 말을 했다. 아빠는 "어? 그래. 아빠도 나이 안 먹고 싶어."라고 말하며 웃으셨다.

그렇게 걷다 보니 벌써 콩나물국밥집 앞에 와 있었다.

아빠 내가 사랑하는 거 알지?
나중에 또 얘기하고 얼른 밥부터 먹읍시다!

예훈 Talk

콩나물 국밥은 매일 먹을 수 있다고 말한 걸 후회하고 있다니까요.

마법
샤프

아주 오랜만에 아빠랑 다이소에 갔다. 아빠는 내가 장난
감이 갖고 싶어서 가자고 한 것을 눈치채셨는지, 그냥 구
경만 하는 거라고 강조하면서 들어갔다. (흥칫뿡~~)

어쨌든 나는 들어가자마자 장난감 코너로 돌진했다. 유
치한 것이 많기는 했지만 정말 다양한 장난감들이 있었
다. 장난감 코너에서 어슬렁어슬렁 대는 나를 발견한 우
리 아부지. 마음이 약해지셨는지 뭐 하나 사줄 테니 골라
보라고 하셨다.

나는 장난감에 자꾸 눈이 갔지만, "아빠는 그거 다 한두 번 놀고 필요 없어진다"고, 평소에 사용할 수 있는 걸 고르라고 하셨다. 그러자 내 짝꿍이 많이 가지고 있는 샤프가 떠 올랐다.

난 얼른 펜이 있는 코너를 찾아갔다. 그런데 거기엔 겨울왕국 그림이 있는 샤프밖에 없었고, 나머진 다 볼펜이었다. 겨울왕국 말고 다른 거 없나 하면서 두리번거리다 마블 샤프를 발견했다. 헐크, 토르, 아이언맨 같은 캐릭터가 그려져 있었다.

나는 그중에 색깔이 예쁜 아이언맨 샤프를 골랐다. 아빠는 "오케이! 좋아!!"하면서 멋지게 계산을 해 주셨다. 나는 아빠한테 "감사합니다~! 아빠 최고~!"라고 말했다. (그래야 좋아하신다.)

나는 샤프를 개봉할 때 마음이 두근거렸다. 왜냐하면, 나의 첫 번째 샤프이기 때문이다. 나는 샤프를 눌러서 심이 나오는 걸 확인하고 빈 종이에다 그림을 그렸는데 뭔가 신기하게 잘 그려졌다.

내가 그린 걸 가만히 보니 섬같이 생긴 모양이 연속으로 이어져 있었다. 그냥 슉슉 그려진 거였다.

'뭐지 이거?'
'왜 이렇게 잘 그려지지?'

아빠한테 그림을 자랑했더니, 그게 뭐냐는 표정이었다. (아빠 눈에는 이 멋진 섬 그림이 안 보이나?)

내가 고른 이 샤프가 혹시 마법의 샤프인가???
이건 아무에게도 말 안 하고 비밀로 해야겠다.

 예훈 Talk ────────────────

펜을 들고만 있어도 상상하고 있는 걸 쓱싹쓱싹 그려주는 펜을 발명해보고 싶어요.

태권도
공개수업

오늘은 떨리는 날이다. 두근두근. 콩닥콩닥.

오늘이 바로 태권도 참관수업(공개수업) 날이기 때문이다. 아빠랑 엄마가 처음으로 도장에 오셔서 나의 태권도 실력을 구경하시는 날!

흐억! 드디어 공개수업이 시작됐다. 우리 수련생들은 준비운동을 마치고, 드디어 시범 발차기 차례가 되었다. 우다다다다 뛰어가서 관장님이 들고 있는 미트를 차면 되는 거였다. 1, 2단계는 모두 다 통과했다. (이 정도야 뭐, 누구나 통과하겠지.)

그렇지만 문제는 높이 3단계부터다. 역시나 3단계 높이
가 되니까 어느 정도 떨어져 나갔다. 나는 4단계도 가볍게
통과했다. (나한테는 4단계까지 껌이지, 홋.)

이제 5단계!! 관장님 키만큼 높이 들어 올린 5단계는 나
까지 딱 3명만 통과했다.

그리고 이번엔 관장님이 어떤 높은 곳에 올라가서 미트
를 더 높이 들어 올렸다. '으아! 저걸 차라고?' 하필이면 내
가 3명 중에 1번째였다.

나는 힘차게 뛰어가서 붕~ 날아올라 발판을 빡! 걷어 찼다. 그러자 주변에 품띠 선배들과 부모님들이 환호성을 "와~!~와~!!"질렀다. 나는 다시 시작하는 곳으로 유유히 걸어갔다. (나머지 2명은 탈락?)

나는 속으로 말했다. '훗~ 시범 발차기는 유급자 중에서 내가 1등이다! 관장님, 더 높게 해 주시면 안 될까요?' (이걸 내가 겉으로 말했다면, 아빠의 겸손 잔소리가 들려올 게 뻔했다.)

나는 시범 발차기 다음에 있었던 뜀틀도 멋지게 성공하고, 오랜 고생 끝에 크리스탈 메달을 목에 걸고 찰칵! 사진을 찍었다. (이건 나만 받은 게 아니고 모든 수련생들 목에 다 걸어줬다. 근데 이거 크리스탈 맞아?)

공개수업이 이렇게 재미있다니!

"관장님, 이거 매주 하면 안 되나요?"

 예훈 Talk ────────────────────

아빠가 옛날에 태권도 사범님도 했었다는데, 누구 우리
아빠한테 배운 사람 있나요?

고음은
어려워

오늘은 추수감사절 찬양 연습이 있는 날이었다. 그런데 모임이 주일도 아니고 하필이면 평일이었다. 그것도 낮도 아니고 밤 8시였다. (이건 아니지 않나요?)

나는 아빠에게 "오늘은 안 갈 거야. 난 안 가고 집에 있을래."라는 말을 몇 번 했지만, 아빠는 못 들은 척하셨다. (아빠? 아부지? 저기요??)

나는 하는 수 없이 교회로 끌려갔다. 아빠가 모임을 준비해야 해서 다른 사람들보다 훨씬 빨리 갔다. 하지만 일찍 도착하니까 재밌는 점도 있었다. 사람들이 모일 때까지 마이크로 시끄럽게 떠들면서 놀고 피아노도 칠 수 있었기 때문이다.

사람들이 다 오고 나서 노래 연습을 시작했다. 어린이들이 후렴 부분을 계속 부르는 건데 거기에 고음이 많았다. 나는 용기를 내어 불렀지만, 켁! 하고 끊겼다.(역시 나에게 고음은 무리야.)

첫 번째 연습 때 안 되겠다 싶어서, 두 번째 부를 때는 낮은음을 부르기로 마음먹었다. 입은 안 벌릴 수 없으니까 그냥 낮은음이라도 티 안 나게 불러야겠다는 멋진 계획이었다. (다들 내가 고음을 잘 부르는 거로 알겠지?)

근데 계속하다 보니까 낮은음도 결코 쉬운 건 아니었다. 아으……. 노래가 왜 이렇게 어려운 거지?

아무튼 난 고음은 절대로 안 해!

 예훈 Talk ─────────────────────

다들 한 노래 하시나요?

아빠의
탕후루 금지령

오늘 학교 급식으로 샤인머스캣이 나왔다. 내 친구들을 보니 그걸 젓가락에 꽂아서 먹고 있었다.

'오호~ 저렇게 먹으면 재미있겠는걸!'

곧바로 젓가락에 샤인머스캣을 꽂아서 먹었더니, 그냥 먹을 때보다 왠지 더 맛있었다.

그때 내 친구가 "와~ 샤인머스캣 탕후루! 예훈아, 너 탕후루 좋아하지?"라고 나한테 물었다.

나는 "우리 아빠가 탕후루 금지령 내리셨어. 이빨이 다 썩는대." 내가 이렇게 말하면 몇몇 애들은 "우리 집도 금지령이야!"라고 할 줄 알았는데, 내 예상은 완전히 빗나갔다. 그렇게 말하는 애들이 한 명도 없었던 거다.

그건 너희 증조할아버지란다…

증조 할아버지 어릴적

아빠!?? 저흰 왜 탕후루 못먹어요?? ㅠㅠ

애들은 내가 탕후루를 못 먹는다니까, 엄청 놀라면서 "난 많이 먹는데."라며, 젓가락 샤인머스캣을 우걱우걱 먹었다. 어쨌든 나는 탕후루보다 과일 젓가락 꼬치가 훨씬 더 맛있었다.

그나저나 아부지, 앞으로 나로부터 생기는 애기들도 절대로 탕후루 못 먹겠네요?

 예훈 Talk ────────────────────────────

나중에 내가 아빠가 되면 탕후루 금지령을 풀어줄 거야.

밤하늘은
이제 내 거야

밤하늘을
만난 날

점심을 먹다가 아빠가 갑자기 벌떡 일어나더니 어떤 책을 가져오셨다. 아빠는 책 여기저기를 펼치면서, 은하계, 달, 성운, 행성, 혜성 등을 보여주셨다.

우리 형제들은 모두 "우와~ 우와~" 감탄했는데, 그 누구보다 놀란 건 바로 나였다. 책 속에 있는 밤하늘 사진은 정말 신기하고 아름다웠다.

아빠가 빌려온 책 제목은 '당신과 별 헤는 밤이 좋습니다'이다. 책을 지은 사람은 유튜버인데 이름이 '나쫌'이었다. (알고 보니 나누자 쫌!이라는 뜻이었다. 나참!)

나는 아빠에게서 책을 뺏어서 다시 훑어보았다. 멋있는
은하계, 아침 토성, 화성, 오리온성운, 말머리성운이 가장
기억에 남았다.

난 얼른 밥을 다 먹고 유튜브에 들어가 나쫌을 검색했
다. 사진이 아니라 동영상으로 보고 싶었기 때문이다. 그
러자 나쫌 채널에 멋진 미리 보기로 은하계들이 나왔다.

나는 가장 보고 싶었던 오리온성운, 말머리성운이 담긴 영상을 클릭했다. 내 눈앞에 멋진 성운들이 펼쳐졌다.

우와…. 우와……. 그뤠잇…….

나는 영상을 보다가 소리쳤다. "아빠!! 나 돈 많이 모아서 아이패드 사서 행성 위치 확인하고, 천체 망원경으로 밤하늘을 관찰할 거야!"라고.

그랬더니, 아빠는 나에게 "우리 아들 꽂혔네, 꽂혔어"라고 하셨다.

직접 천체 망원경으로 밤하늘을 볼 생각을 하니 벌써부터 설렜다. 나도 진짜로 볼 수 있는 날이 오겠지?

근데 별을 관찰하려면 새벽에 나가야 한다.
난 그 시간에 자야 하는데, 어쩌지?

음……. 당분간은 유튜브로 봐야겠어.

 예훈 Talk ────────────────

밤하늘 관찰한다고 체험학습 내면 받아 줄까요?

만두같이
생긴 달

오늘도 다른 날과 마찬가지로 태권도장에 가려고 집을 나왔다. 태권도 버스 타는 시간에 좀 늦어서 엘리베이터에서 내리자마자 후다다닥 뛰었다.

그런데!!!!!!
밖으로 뛰쳐나왔을 때, 하늘을 올려다보고 나는 깜짝 놀랐다. 지금까지 내가 본 것 중에 그 어떤 것보다 빛나는 만두가 하늘에 떠 있었기 때문이다. 자세히 보니, 만두 모양 같이 생긴 달이었다.

"우와~ 우와~~" (예훈아, 너 근데 태권도 안 가니?) 속으로 그런 생각이 들었지만 난 마음이 설렜다. 요즘 밤하늘에 푹 빠졌기 때문이다.

나쫌 작가가 쓴 '당신과 별 헤는 밤이 좋습니다'라는 책도 읽고, 유튜브 영상을 보고 나서부터 밤하늘에 푹 빠져버렸다.

아무튼, 이렇게 밝고 멋진 달을 보니까 태권도에 늦었다는 생각이 떠오르지도 않았다. 나는 달을 멍하니 바라보면

서 앞으로 걸어가기 시작했다. 길도 안 보고 달만 보면서 걸었는데, 갑자기 아파트에 가려져서 달이 숨어 버렸다. 나는 달을 보기 위해 아파트 뒤쪽으로 뛰어갔다.

계속 그렇게 달하고 놀고 싶었지만, 결국 태권도 차에 올라탔다. 달이 얼마나 밝고 멋졌는지, 태권도 차 안에서도 내 눈은 달만 따라갔다.

"우와~ 진짜 밝다. 완전 만두 같아."

나 태권도 하고 올게.
거기 꼼짝 말고 있어.

(나쫌 작가 책을 밤새 읽으려고 침대에 가지고 갔는데, 읽다가 잠이 들어 버렸다. 엄마가 사진 찍은 걸 보고 알았지 뭐야.)

 예훈 Talk ─────────────────

밤새 달하고 놀면 엄마가 걱정하시겠죠?

다리용
잠바는 없나요?

오늘은 몸이 오들오들 떨릴 만큼 추운 날이었다. 나랑 엄마는 첼로를 메고 밖으로 나갔다. (물론 첼로 메는 건 엄마 몫이다. 엄마, 힘세죠?)

밖에 나가자 바람이 슈우우웅~ 슈우우웅~ 소리가 날만큼 심하게 불어서 너무 추웠다. 내가 이 정도로 추운데 북극, 남극, 시베리아는 얼마나 추울까?

"어우, 엄마! 너무 추워서 동상 걸릴 거 같아!"라고 말했지만, 엄마는 이미 얼어버린 거 같았다. 우리 둘 다 오들오들. 이 정도로 추우면 영하 몇 도일까? 바람이 엄청 세게 불어서 더 춥게 느껴졌다.

"이렇게 추운데 눈은 언제 와요? 난 추운 건 싫어도 눈 오는 건 좋다고!" 엄마한테 이렇게 말하면서 난 지퍼를 꽉! 잠그고 주머니에 손을 집어넣었다.

'아, 따뜻하다…'하고 느낄 때쯤 이번엔 다리가 너무 추웠다.

'아이, 다리에 입는 다리용 잠바 없나?'

다리용 잠바가 나오면 난 무조건 살 거다. 오늘은 갑자기 사나워진 날씨에 밖으로 다니는 게 너무 춥고 힘들었다.

어디 다리용 잠바 파는 사람 없나요?

예문 Talk ────────────────────────

바지잠바 말인데요. 땡땡이스페셜 에디션으로 만들면
좀 팔리지 않을까요?

눈뜨자마자
보물찾기

어젯밤 자기 전에 아빠에게 부탁 한 가지를 했다. 내가 일어나면 보물 찾기를 할 수 있게 보물을 숨겨놓고 출근하라는 거였다. (부탁이 아니라 명령인가?) 나는 아빠가 어떤 보물을 숨겨놓고 가실지 궁금해하면서 잠을 잤다.

그리고 오늘 아침!
보물찾기 이벤트가 있다는 걸 깜빡하고 있었다. (잠이 덜 깼나?) 엄마가 "예훈아, 보물 찾아야지."하고 말씀해 주셔서, 나는 그제야 "아! 보물찾기!"하고 퍼뜩 생각이 났다.
아빠가 써놓으신 힌트 종이를 발견하고 보물을 하나씩

찾기 시작했다. 첫 번째 힌트는 바로 '식탁'이었다. 나는 식탁으로 가서 요리조리 둘러봤다.

식탁 위에 올려놓은 물건들을 살펴보다가 휴지박스를 들어봤는데, 그 밑에 정체를 알 수 없는 종이가 있었다. 종이를 열어봤더니 "첫 번째 미션! 따뜻한 물 마시기와 유산균 먹기"라고 쓰여 있었다. (아부지! 보물 찾기를 해달라고 했지, 누가 미션을 내라고 했나요?)

어쨌든 그다음에 뭔가 있겠지 생각하고 바로 미션을 실행했다. 다음 힌트를 봤더니 '거실 테이블'이라고 적혀 있었다. 나는 거실로 가서 요리조리 살펴봤지만, 아무것도 발견되는 게 없었다.

157

마지막으로 아빠가 사주신 지구본을 들어봤더니 두 번째 종이가 있었다. 거기에는 "두 번째 미션! 학교 가기 전에 가족들 안아주며 사랑한다고 말하기"라고 적혀 있었다. 그래서 그 미션도 문제없이 다 했다.

그다음 세 번째 힌트를 봤더니 '레너드 혜성'이었다. 레너드 혜성?? 나는 혜성은 우주에 있으니 창문을 바라보았지만 없었다. '그렇겠지. 밤하늘도 아닌데 뭐가 보이겠어.'라고 생각하자마자, 레너드 혜성이 나오는 책이 떠올라서 그 책을 훑어보았다. 그랬더니 레너드 혜성 사진이 있는 페이지에 종이가 꽂혀 있었다.

그 종이에 바로 '오늘의 보물'이 숨겨 있었다. 종이에 적혀 있었던 건 바로 "엄마 뽀뽀 & 500원"이었다. 보물을 발견한 나는 너무 기뻤다.

이거 완전 재밌네?
이거 맨날 해달라고 아빠한테 조를까?
그러면 아빠는 왠지 "그... 그만... 그만..."
이럴 거 같은데??

예훈 Talk ─────────────────────────

매일 500이면 신발 정리랑 거실 닦기 알바보다 괜찮은데요?

두근두근
자리 바꾸기

오늘은 5교시 때 자리를 바꾸는 날이었다. 벌써 짝을 바꾼다고? 아, 싫은데…….

다른 친구들은 어떨지 몰라도 나는 자리가 바뀌고 처음에는 '아 별론데….(물론 속마음으로)' 했다가, 한 달 후 자리를 바꿀 때쯤에는 이미 너무 친해져서, 짝을 바꾸지 않으면 좋겠다고 생각한다.

그래도 선생님이 정한 규칙이니 따라야 한다. 두근두근…..

교실 TV 화면에 자리가 공개되기 직전, 두근두근, 내 짝은 누가 될까? 선생님이 버튼을 누르면 화면에 새로운 자리와 짝꿍이 공개된다. 나는 지금 내 짝꿍과 내 자리가 좋은데…. (지금 짝과 다시 짝꿍이 되는 건 아니겠지?)

두구두구….

선생님이 버튼을 눌렀다. 난 0.1초 후에 내 이름을 재빨리 찾기 시작했다. 하지만 다른 애들 이름이 눈에 먼저 들어오고 내 이름이 나중에 발견됐다.

더 궁금한 건 내 짝이 누굴까? 바로바로~~~ 김OO이라는 친구였다. OO이랑은 빨리 친해질까? 늦게 친해질까? 아니면 안 친해질까?

잘 지내보자 친구야~~

분명히 다음 짝 바꾸는 날에 너는 안 바꾸고 싶을 거야. 난 매력 덩어리 장예훈이거든!

훗~

 예훈 Talk ────────────────────

나랑 짝하고 싶은 사람 손!

긍정적으로 생각하기,
후레이!

콧물이 며칠 동안 훌쩍훌쩍~~

오늘은 내가 코감기에 걸려서 엄마가 병원에 가야 한다고 하셨다.(단호!)

근데 오늘은 학습지 선생님이 집에 오시는 날이었다.

'잠깐... 계산을 해 볼까? 선생님은 4시 30분에 오시고 지금 병원으로 출발하면? 오호, 독감이 유행이라 환자들이 많을 테니까, 대기시간이 엄청 오래 걸릴 게 분명하고, 그렇다면 선생님 오실 때까지 맞춰서 오려면?? 피아노는 안 가도 되겠군. 으흐흐...'

나는 요즘 독감 유행 때문에 환자들이 많겠다 생각하고, 피아노 안 가도 된다는 생각에 입에 웃음꽃이 피었....... 다가 아니었다!!!

엄마는 줄이 오래 걸릴 테니까 피아노에 가서 수업하다가 전화하면 바로 오라고 하셨다. 으아아아아아~~~ 어떻게 이런 일이!!

하지만 효자인 나는 피아노로 달려갔다. 그런데 들어가자마자 학원으로 엄마 전화가 걸려 왔다.

"네?? 지금 바로 병원으로 오라고요???"

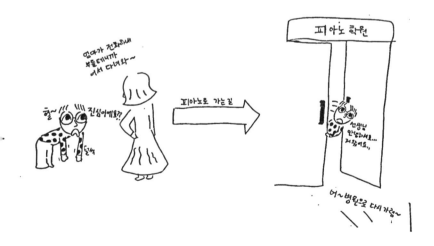

대기 환자들이 없어서 다시 오라는 얘기였다. 안돼~~~~~~!!! 그럼 난 진료받고 또 피아노에 와야 하는 거?

"선생님~~~ 좀 이따 다시 만나요~~ 흑흑."

나는 다시 병원으로 가면서 생각했다. '진료받고 어쩌고 하면 그래도 시간이 걸리겠지? 학습지 선생님 시간 맞추려면 피아노 20분 정도는 뺄 수 있을 거야. 으흐흐'

그렇게 생각하니까 기분이 다시 좋아졌다. 후레이~~!!! ('후레이'는 내가 기분 좋을 때 쓰는 감탄사다! 만세~~!라는 뜻?) 뭐든지 긍정적으로 생각하라고 아빠가 알려주셨다.

후레이~~~!!!

 예훈 Talk ─────────────────

감기에 걸렸는데 피아노는 하루 빠져도 되지 않나요?

엄마를
만나야 해

　오늘은 엄마가 실종된 건가? 걱정했던 날이다.

　이야기는 이렇다. 내가 피아노학원에 간 사이에 엄마는 다른 볼일이 있었다. 엄마와 나는 피아노 끝나는 시간에 근처 떡볶이집 앞에서 만나기로 했다.

　피아노가 끝나고 나는 약속의 떡볶이 가게 앞으로 달려갔다. 엄마가 나를 못 찾고 걱정하실까 봐 쏜살같이 뛰었다. 비는 쏴아아~ 쏟아지고 강력한 바람이 동시에 나에게 몰려왔다. 하지만 엄마가 걱정돼서 그건 아무 문제가 아니었다.

그런데 문제는?

땅을 제대로 안 보고 뛰어가다가 물웅덩이에 철퍼덕! 빠진 거였다. 나는 앞차기 돌려차기 마구잡이 발차기를 해서 물을 털었다. 그렇게 가게 앞에 도착했지만, 엄마는 없었다. (엄마?? 어디 숨은 거예요??)

나는 몸이 추워서 상가 건물에 들어갔다. 들어가서 문을 닫을까 말까 고민했다. 하지만 엄마가 나를 못 찾을까 봐 문을 닫지 않은 채로 밖을 보고 있었다. 너무 추워서 지퍼를 꽉! 잠갔다. 근데 아직도 추워…. 엄마 대체 언제 와….

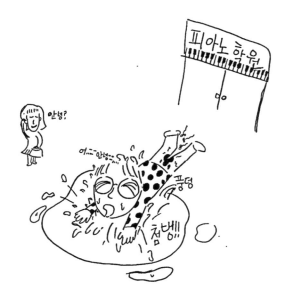

그런데 갑자기 배가 꾸르륵거렸다. 아, 엄마도 기다려야 하고…. 여긴 화장실도 없는데……. 어쩌지?

나는 결심했다. 다시 피아노학원으로 돌아가서 엄마한 테 전화하는 거다. 그리고 거기 화장실을 사용하면 되는 거였다. (역시 난 똑똑해) 그렇게 맘을 먹은 다음, 엄마와 엇갈리지 않게 전속력을 다해 달려갔다.

그런데 바로 그때 우리 반 친구를 만났다. 나는 아무렇 지도 않은 척 멈춰서 인사하고, 그다음 또 전력 질주를 했 다. 첨벙첨벙 물구덩이를 가로질러!

학원에 다시 도착했을 땐 배가 싹 나았다. 난 학원에 들 어가 엄마한테 전화해서 이 사건을 하나씩 다 말했다. 그 리고 엄마가 약속장소에 아직 못 오신 이유도 들었다. (엄 마가 실종된 게 아니라서 다행이에요.)

그나저나 오늘 나에게 핸드폰이 꼭 필요한 이유를 알았 다. 전화가 없으니까 엄마 만나기가 하늘의 별따기였다.

예훈 Talk ────────────────────

우리 반에 나만 빼고 핸드폰이 다 있다고요! 네?

깁스해야 하는 거
아닌가요?

태권도 하다가 발목이 삐끗해서 어제부터 걷기가 불편했다. 그래서 오늘 정형외과에 검사하러 갔다.

나는 엄마한테 깁스를 하면 좋겠다고 말했다. 엄마가 깁스를 왜 하고 싶냐고 물었지만, 이유는 모르겠다. 그냥 왠지 깁스를 해보고 싶었다.

내 차례가 돼서 엑스레이를 찍었다. 조금 기다리니까 내 이름을 불러서 엄마랑 나는 진료실에 들어갔다. 의사 선생님이 뭐라고 뭐라고 우리한테 말씀하셨다.나는 솔직히 이

해는 안 됐는데 그냥 "음~, 음~"이라고만 했다.

중요한 건 내가 하고 싶었던 깁스는 하지 않아도 된다는
거였다. 물리치료를 받고 그냥 집으로 가면 되는 거였다.
근데 물리치료를 받은 후에 치료한 부분이 오히려 더 아팠
다. 깁스도 안 하고 발목은 더 아파졌고…….

오늘 병원에 왜 온 거야?

나는 엄마한테 "오늘 나 힘들어서 피아노 안 갈래."라고 말했지만, 엄마는 내 귀를 끌고 피아노학원으로 들여보냈다.

흑, 내 맘대로 되는 게 하나도 없는 날이었다.

예훈 Talk ────────────────────

의사 선생님이랑 엄마는 왜 내 맘을 몰라주는 걸까요?

밤하늘은
이제 내 거야

밤하늘과 우주에 푹 빠진 나를 위해 아빠는 선물을 준비해 주셨다. 바로 천문대에 가서 천체 망원경으로 별을 보는 거였다.

저녁에 퇴근하고 오신 아빠는 나와 이안이 형을 데리고 경희대학교 천문대로 출발했다. 천문대로 걸어 올라가는 동안 내 마음이 두근거렸다. 넓은 공터에 오늘 행사를 위해 천체 망원경이 많이 준비되어 있었다.

날씨도 그렇게 춥지 않았고, 하늘에는 엄청나게 밝은 달이 빛나고 있었다. 우리는 달을 볼 수 있는 망원경 앞에 줄을 섰다. 드디어 우리 차례가 되었다.

나는 먼저 보는 사람들이 "우와~"라는 말 때문에 너무 긴장감이 들어서 마지막으로 보겠다고 했다. 드디어 내 차례가 되어서 망원경에 눈을 갖다 댔더니 밝고 환한 달이 가까이 보였다. 이렇게 가까이 달을 볼 수 있다니 신기했다.

우린 천문대 건물 안에 있는 플라네타리움에 들어가서 밤하늘 별자리도 보고, 천문대 꼭대기 층에 올라가서 초대형 천체 망원경 설명도 들었다.

그리고 다시 밖으로 나와서 토성을 보기 위해 줄을 섰다. 내 차례가 되어서 망원경에 눈을 대고 자세히 봤더니 아주 작은 고리와 동그라미가 보였다.

"우와~ 토성을 실제로 보게 될 줄이야."
정말 너무 멋졌다. 토성 크기가 아주 작았지만, 선명하게 볼 수 있어서 완전 만족했다.

그다음은 아빠가 보고 싶어 했던 목성을 보았고, 계속 다른 행성도 보고 싶었지만, 시간이 너무 늦었고 줄이 길어서 집으로 돌아가야만 했다. 하지만 오늘 나는 대만족! 했다.

밤하늘은 진짜 보면 볼수록 너무 신기하고 멋지다.
거기서 설명해 주던 우주과학과 형 누나들이 망원경 렌즈에 아빠 폰 카메라를 가까이 대고 달 사진까지 찍어주셨다. 거기 형들이 밤하늘에 쏘던 레이저가 너무너무 갖고 싶다.

경희대 천문대에서 아빠 폰으로 찍은 달 사진

예훈 Talk

나중에 커서 되고 싶은 게 너무 많은데 어떻게 하면 좋죠?

그림작가의 말

언젠가부터 막내 동생 예훈이가 글을 쓰기 시작했다. 내가 노트북으로 뭔가를 쓰고 있을 때 와서 자기도 써보겠다고 귀찮게 하더니, 그날 밤부터 컴퓨터를 켜고 쓰기 시작했다. 그리고 지금까지 하루도 안 빼고 쓰고 있다.

아빠가 예훈이 글에 그림을 넣어 보는 게 어떻겠냐고 제안하셨을 때는, 이게 진심이신지 아니면 지나가는 말로 하시는 건지 잘 몰라서 반응을 뜨뜻미지근하게 했다. 그렇게 미루다가 아빠의 진심임을 느끼게 된 어느 날 밤, 나는 새벽까지 눈 빠지게 예훈이의 정면 사진들을 탐구하며 스케치를 해나갔다.

사진을 보면서 예훈이를 그리는데, 가만 주의하여 보니 초2 어린이가 급속도로 노화(?)를 맞고 있었다.

내 머릿속에 박혀있던 애기스러움이 사라져서 그리기가 쉽지 않았다. 그래서 '이거, 어쩌지?' 하는 마음으로 주위를 둘러봤는데, '윔피키드'가 눈에 띄었다. '그래, 그냥 저렇게 심플하게 그리자.' 하는 마음으로 쓱싹 그렸다. 그렇게 그날 새벽, 예훈이 캐릭터를 완성하고, 첫 번째 에피소드 '코끼리 잠옷바지' 편에 넣을 그림까지 그릴 수 있었다. 그리고 지금 까지 매일 아침 집을 나가기 전, 한편씩 그리고 있다.

그런데 내가 봐도 이건 아니다 하는 그림들을 뽑을 때가 있다. 그럴 때마다 예훈이가 옆에 와서 살살 웃으며 "오~ 잘 그렸네ㅎ" 하고는 내 어깨를 탁탁 두드려 주었다.

기특했다. 하지만 그건 초반에 그랬던 거고, 요즘은 보고 서 제출하는 기분이 든다. 뭐랄까, 좀 착한 상사한테…. 오 늘은 그림을 보더니 '오늘 거는 조금'이라는 표현을 쓰면서 평가를 했다. 하지만 결국 잘 그렸다며 칭찬으로 끝낸다.

이렇게 매일 그릴 수 있다는 게 생각해 보면 정말 대단한 거다. 매일 그린다는 건 예훈이가 매일 꾸준히 쓰고 있어야 가능한 것이니까, 예훈이가 정말 대단한 거다.

어떤 상황이든, 가족 일정으로 아무리 집에 늦게 들어오더라도 잊지 않고 컴퓨터 전원 버튼을 향하는 손가락이 놀라울 따름이다.

쭈니형 장예준

아빠의 진심임을 느끼게 된 어느 날 밤,
나는 새벽까지 눈 빠지게 예훈이의 정면 사진들을 탐구하며
스케치를 해나갔다.

매일매일 재미있게

오늘은
뭐 하지?

초판 1쇄 발행 2024년 2월 2일

지은이   장예훈
그린이   장예준
펴낸이   이기봉
편집   좋은땅 편집팀
펴낸곳   도서출판 좋은땅
디자인   서승연
주소   서울특별시 마포구 양화로12길 26 지월드빌딩 (서교동 395-7)
전화   02)374-8616~7
팩스   02)374-8614
이메일   gworldbook@naver.com
홈페이지   www.g-world.co.kr

ISBN   979-11-388-2732-4 (03810)